生命的活水

經典札記

王端正著

自序

水淺不是泊船處

王端正

禪師說：「言語道斷。」儒者說：「文以載道。」

禪師說：「道非言說，擬向即乖。」孔子說：「辭，達而已矣。」

禪師說：「至理無言。」孟子說：「余豈好辯者哉，余不得已也。」

有人說：人類文明的開端起自於語言；也有人說：人類紛爭的起點，語言肇其端。

語言文字是一把殺人劍，活人刀，既可殺人，又可活人；既可成事，又可敗事，所以古人有所謂：「一言興邦，一言喪邦。」

既然語言文字是必要之善，也是必要之惡，但是善？是惡？取決於人，而非取決於語言文字，誠如趙州從諗禪師所說的：「正人說邪法，邪法悉皆正；邪人說正法，正法悉皆邪。」

《論語》陽貨篇中有這麼一段話：

子曰：「予欲無言。」

子貢曰：「子如不言，則小子何述焉？」

子曰：「天何言哉？四時行焉，百物生焉，天何言哉？」

這是孔子與子貢師徒之間的一段對話，一問一答間像極了禪宗公案，語帶玄機。當孔子說：「我再也不想說什麼了。」子貢誠惶誠恐地說：「老師不說，學生怎能有所遵循，有所傳述呢？」孔子立即反問說：「老天有說什麼嗎？四季還不是適時運行，百物還不是適時生長，老天有說什麼嗎？」

這就是禪宗所說的「至理無言」吧！至高無上的真理是不需要用語言文字來表達的。但話說回來，不用語言文字表達，我們又怎麼知道什麼是至高無上的真理？真理或真相既然難以用語言文字表達，但許多情況下又不能不用語言文字表達，所以禪宗才會有「以手指月」之喻，認為語言文字是「以手指月」的手，要我們順著手指的方向，去看見月亮，目的在月不在手；也像渡河的筏，渡了河，筏就應放下，不能執著於手，也不能固守著筏。語言文字只是一種用來達到某種目的的工具與手段，如果誤認工具為目的，誤認手段為終極，那就永遠到不了終極目的。

孔子說：「辭，達而已矣。」可是，要把心中的意思清楚表達談何容易？不說語言文字本身的局限性，光說人為故意設下的語文陷阱，就足以讓人眼花撩亂，真假莫辨，惑人心識，因此孔子才會說：「道聽而塗說，德之棄也！」道聽塗說，以訛傳訛，是一種不道德的行為。

在傳播事業不發達的古代，書籍取得不易，所以古人對於書簡的閱讀與傳習，態度之認真與機會之珍惜，和今日相較，不可同日而語。

宋朝大文學家蘇軾在《李君山房記》一文中說：

自孔子聖人，其學必始于觀書。當是時，惟周之柱下史老聃為多書。韓宣子適魯，然後見《易象》與《魯春秋》。季札聘于上國，然後得聞《詩》之風、雅、頌。而楚獨有左史倚相，能讀《三貴》、《五典》、《八索》、《九丘》。士之生于是時，得見《六經》者蓋無幾，其學可謂難矣！

可見古代書簡傳習不易，能有幸得而觀之，自然相當珍惜。即使到了宋朝，蘇東坡談及老人回憶年輕求學之艱辛說：「欲求《史記》、《漢書》而不可得，幸而得之，皆手自書，日夜誦讀，惟恐不及。」但到了「作者益眾，而書益多」時，學者就「益以苟簡」了。也就是說：書籍越來越多，得之越來越容易了，人們的學習態度就越來越不認真了。因此蘇軾希望大家應該知道「昔之君子見書之難」，進而體認「有書而不讀為可惜也。」

有書不讀，固然可惜，有好書不讀，更為可惜。古代的人常說「書中自有顏如玉，書中自有黃金屋」，這是科舉體制下用來激勵年輕人寒窗苦讀，考取功名，揚名立萬，光耀門楣的手段。

事實上，讀書不在為了博取功名，也不僅止於怡情養性，讀書的最大目的，應該是古人所說的「讀書是為明理」。

比起古人來，現代的人確實幸運多了。古人求一書而不可得，現在則書店林立，而網路的無所不在，資訊種類的無所不有，古籍新書並陳，幾乎垂手可得，導致許多人在學習態度上「益以苟簡」，真不知道這是現代人的幸，還是不幸。

古人說「開卷有益」，又說「盡信書不如無書」。「開卷有益」，是鼓勵大家多讀書，「盡信書不如無書」，是提醒大家讀書應求甚解，應明辨書中的微言大義和是非曲直，對書中的立論與觀點，應究其源，剝其實，嚼其味，會其意，並加以鎔鑄貫通，以為己有，而後發於文詞，見於行事，成為生命中智慧的源頭活水。生命有了源頭活水，色彩就會燦爛繽紛；生命具足了深度與廣度，人生就會縱橫自在，隨遇而安。

《五燈會元》一書中曾記載趙州從諗禪師的一則公案：

師（從諗禪師）到一庵主處，問：「有麼？有麼？」

主豎起拳頭。師曰：「水淺不是泊船處。」便行。

又到一庵主處，問：「有麼？有麼？」

主亦豎起拳頭。師曰：「能縱能奪，能殺能活。」便作禮。

這則公案要告訴我們的是「契理契機」的重要，只要契理契機，就能意會心傳，不能契理契機，再多的語言文字都難詮。

本書是作者在經典雜誌【經典札記】專欄裡的一些短文與序文，都是作者的所思所感。語言文字本來就像「鏡花水月」，依「現象學」來說，它就像夢幻泡影，緣起緣滅。但依「發生學」來說，又像浩瀚大海的濤濤大浪，前浪牽引著後浪，後浪又推動著前浪，只要契理契機，浪浪牽引，波波推移，緣起不滅，永無止息。但不管是「緣起緣滅」也好，「緣起不滅」也罷，能縱能奪，能開能闔，一切隨緣，任運自在，就是生命中的一泓活水細流，心靈上的小小泊船處吧！

目錄

社會關懷

人文哲思

開啟幸福的基因

世界上幾乎所有的人都在追求幸福；世界上也有不少的人在追問：「幸福是何物？」許多人畢生在追逐物質的享受，最後卻發現：擁有的物質越來越豐裕，距離幸福卻越來越遙遠；也有許多人畢生在追求名位與權力，等到擁有了名位與權力之後，煩惱卻接二連三而來，幸福還是遙不可及。

那麼什麼是幸福？怎樣才能達到真正的幸福？相信每一個人都想知道答案。事實上，不論古今中外，所有的哲學家、思想家都想解開這項習題，也都想獲得真正的答案。可惜到目前為止，這個答案都是「只聞樓梯響，不見人下來」；這個答案都還停留在各說各話的階段。

最近閱讀日本村上和雄教授所寫的《幸福的答案，基因知道》一書，頗有感觸，又頗受啟發。村上和雄教授是生物化學教授，對人類基因頗有研究，也頗有成就。他從人類基因的研究中，了解了基因的複雜性與對人類行為的影響性，於是提出了幸福與基因之間相互牽動的假設。這個假設，不管你同意或不同意，都有它的依據性與可證性。村上和雄教授書中表示：「人，心裡的想法會影響基因的運作，造成病痛或帶來健康。不僅如此，有的學者甚至認為，人能否過著幸福的生活，也端賴基因的運作而定。」

根據科學家的研究指出：「我們的身體是由數目龐大的細胞所構成，以一個體重六十公斤的人來說，就有六十兆個細胞。而每一個細胞中有細胞核，細胞核之中有基因。每一個細胞核裡包含的基因情報量，可以寫成三十億個化學符號，若把這些化學符號編寫成書，會變成一千本一千頁的書，而人類就是靠記載在基因裡的龐大情報而活的。」

大家不妨算一算，人體六十兆個細胞，每個細胞核中的基因又有三十億個化學符號，換句話說，人體就是靠六十兆乘以三十億個幾乎是天文數字的龐大情報資訊與錯綜複雜的組織運作而存活，可見生命是多麼神奇啊！人活著是多麼殊勝難得啊！豈可不珍惜、不善用這難得的人生。

村上和雄教授認為：任何與幸福有關的基因，應該是潛藏在每一個人的基因之中，我們只要「開啟」那個基因就行了。也就是去喚醒之前沉睡著、處於「關閉」狀態的基因，讓它開始運作，就可以得到幸福了。

因為人體中雖然擁有那麼龐大記載基因中的情報資訊，但實際真正在運作的，一般認為只有百分之五左右。也就是說，有百分之九十五的基因情報或資訊，是處於關閉或沉睡的狀態；如果能把正面的、好的細胞中的基因喚醒，或者不讓這些優質的基因投閒置散，那麼，「生命」真的就有無限的潛能；「人生」真的就有無限的可能。

那麼如果想要掌握住幸福，我們該如何使基因運作才好呢？村上和雄教授說：「我認為就是要在日常生活中保持樂觀、積極的態度。」因此他做了這樣的大膽的假設：「只有充滿活力，樂觀愉快的生活方式，才能開啟那些使人生邁向成功，使人心感到幸福的基因。」他認為：「人只要常保積極進取、活力充滿的心態，就會凡事順利，因為這種心理狀態能發揮開啟好基因，關閉壞基因的功用。」

所謂「常保積極進取，活力充沛的心態」，就是要我們「正向思考」。佛教的思想體系也常說：「一切唯心造。」又說：「一念三千，三千一念。」更說：「病由心生。」一切心理毛病，都是不能善用「正向思考」。許多疾病的成因，就是不但不能夠善用「正向思考」，開啟好的基因，反而常常「負面思考」，關閉好的基因，開啟壞的基因所致。例如憂鬱症、躁鬱症、強迫症、恐懼症等精神疾病，恐怕都是「負面思考」的副產品吧！

佛教講究的是「因緣果報」，這是再科學不過的理論。「因」就是基因，不管是身體內生理的基因，還是身體外行為的業因，都是導致結果的源頭。有了「因」再加上具足的條件與觸媒的「緣」，因緣和合，果報就現前了，這就是「因果律」，就是宇宙生生不息的「自然法則」，和現在科學家有關基因研究的結論不正是不謀而合嗎？正當大家感嘆社會的衝突太多，對立太大，仇恨太深，不平太廣的同時，我們是否更應該凸顯「正面思考」的重要，更應該檢討我們是否因「負面思考」太多，導致了幸福危機呢？

仇恨是負面思考，友善是正面思考；對立是負面思考，感恩是正面思考；輕慢是負面思考，尊重是正面思考；悲觀是負面思考，樂觀是正面思考；消極是負面思考，積極是正面思考；戰爭是負面思考，和平是正面思考；冷漠是負面思考，熱忱是正面思考……。唯有正面思考，人類才能免於沉淪，才能向善進化，這可能是科學家研究基因的另一驚奇發現吧！

幸福是一種感覺，一種態度，一種核心思想的價值概念。只要思想解放了，價值感轉化了，人與人之間的互動關係改善了，誠如證嚴法師一再強調的：只要每一個人能「知足、感恩、善解、包容」，人際關係就可以和諧了，自己內心的煩惱就可以減少了，身心的喜樂以及自在就可以增加了。一切唯心造，心室效應可以觸動基因的運作，只要好的基因，善的基因，愛的基因啟動了，幸福感就可以不求自來了。

平常心與得失心

古代禪師常常會對參學的人說：「平常心是道。」到底什麼是平常心？

平常心是相對於「得失心」而言，平常心就是說沒有得失之心。「飢來吃飯，睏來眠。」肚子餓了就吃飯，身體睏了就睡覺，擔柴挑水，舉手投足，一切順其自然，沒有半點虛矯，也沒有半點計較，心中坦蕩蕩，不在乎別人的毀譽，也不在乎自己的榮辱，行所當行，止所當止，心頭沒有任何負擔，沒有任何憂慮或懼怕，面對四周事物，沒有半點成見，「其心若鏡，物來映物」，物去相沒，不受汙染，沒有殘渣，這就是平常心。

許多人修心養性，修的就是這分平常心。可是要達到平常心的境界又談何容易！尤其滾滾紅塵，物慾橫流，人與人之間的關係越來越複雜，利益衝突越來越頻繁，想保持平常心確實不易。何況「愛拚才會贏」的觀念深植人心，「輸人不輸陣」的不服輸心態處處被鼓勵，在吵雜紛擾的社會裡，不要說平常心，就是暫時保有小小的平靜心都了不可得。

《莊子．達生篇》中有這麼一段故事：

顏淵問仲尼曰：「吾嘗濟乎觴深之淵，津人操舟若神。吾問焉，曰：操舟可學邪？』曰：『可。善游者數能。若乃夫沒人，則未嘗見舟而便操之也。』吾問焉而不吾告，敢問何謂也？」

仲尼曰：「善游者數能，忘水也。若乃夫沒人之未嘗見舟而便操之也，彼視淵若陵，視舟之覆猶其車卻也。覆卻萬方陳乎前而不得入其，惡往而不暇！以瓦注者巧，以鉤注者憚，以黃金注者殙。其巧一也，而有所矜，則重外也。凡外重者內拙。」

我們把這則故事換成白話文是這樣的：

顏淵問他的老師孔子：「我曾坐船渡過一處叫做『觴深』的深淵，擺渡的人划船的技術，靈巧如神。我問他：『這樣的划船技巧可以學得會嗎？』他說：『可以。會游泳的人很快就學會了。如果會潛水的人，即使沒有見過船，也能立即敢划。』我問其中的緣故，他卻不告訴我。請問老師，他說的是什麼意思呢？」

孔子說：「會游泳的人很快就學會划船，是因為他忘了水的存在；如果不僅會游泳還會潛水的人，即使沒有見過船也能立即划，因為他把深淵看成丘陵，把翻船看成倒車。翻船倒車的各種狀況發生在眼前，他也不會放在心上，那麼他到任何地方不都是輕鬆自在嗎？」

接著孔子又說：「用瓦片做賭注的人，技巧相當靈活；用帶鉤做賭注的人，就會心存恐懼；用黃金做賭注的人，就會頭昏腦脹了。賭博的技巧是一樣的，之所以會有所顧忌，那是因為看重外物的緣故啊！凡是越重視貴重的外物，賭注起來，內心就會越笨拙。」

莊子是中國古代少數具有高度智慧與文學創意的哲人之一。他從日常生活的體驗中，深知得失心越重，心裡的壓力就越大；感受到的壓力越大，就會越亂方寸，越會心煩氣躁，當然也就無法保持冷靜的頭腦與清明的心智。

而得失心的大小，取決於得失事物的輕重與貴賤。也就是說：心中所繫的得失之物越貴重，得失之心就越大；換句話說：得失之心的大小與心中所繫的得失之物之貴賤成正比。

所以莊子才會透過孔子與顏淵的對話說：用不太值錢的瓦片做賭注，因為得失心不是很大，所以還能保持耳聰目明，技巧上猶能談笑用兵，運用得相當靈活；一旦賭注加大了，從瓦片提升到貴重的玉製帶鉤，賭注時心中就開始忐忑不安，得失的恐懼感也跟著加大了；如果再把賭注加大到比帶鉤更貴重的黃金，那麼心中不僅忐忑不安，還會轉不安為恐懼，整個人都會變得頭昏腦脹，方寸大亂，思緒全無了，如此患得患失，哪裡還談得上技巧的靈活運用呢？

當然，平常心不全然等於得失心，但可以確認的一點是：保持平常心，必須要先泯除得失心，而泯除得失心的最佳方法，就是要戒除對外物的執著與貪念。貪著心重的人，得失心必然重；得失心重的人，想保持平常心，那就猶如緣木求魚，了不可得了。

雖然平常心和得失心有著千絲萬縷的關係，但平常心絕對不等於懈怠或消極，絕對不能成為不思上進的藉口。「天行健，君子以自強不息。」本來就是一件稀鬆平常，再自然不過的事情。

證嚴法師說：「盡本分，得本事」，就是這層意思。一個人的本分是什麼，就應盡到本分之內的責任，其他的就不必放在心上了，這就是平常心。例如學生只要盡到他讀書求學的本分，那麼考試就不能成為他的負擔了；運動員只要盡到他平常努力練習的本分，那麼比賽就不能成為他的壓力了。能拿得起，放得下，沒有患得患失之心，凡事盡其在我，就能心安理得了。古代禪師說的「平常心是道」，對於現在的人來說雖然是老生常談，但做到的恐怕不很多吧！

萬物何貴何賤！

《莊子．秋水》篇裡有這麼一段話，讓人印象深刻，值得深思再三：

以道觀之，物無貴賤；

以物觀之，自貴而相賤；

以俗觀之，貴賤不在己。

換成白話文來說，意思就是：站在宇宙大自然法則的高度看，天地萬物，一律平等，無差無別，無貴無賤。

但站在萬物各自的本位角度看，總認為自己的身價最高，自己的地位最尊，其他物種都是卑微的，都是低賤的，都是微不足道的。

而站在人間世俗的角度看，貴賤由人，完全由不得自己。也就是說人世間所謂的貴賤，不是自己說了算，是眾人說了才算。

《莊子》這段話，說得一點不含糊，它千鈞一擊，可以振聾，也可以啟聵，可以敲開人類恢弘的襟懷，也可以敲醒人類「以人為尊」的慣性思考。

天地萬物的產生與存在，本來都是一項奇蹟，都是大自然的精心賜予，每一物種都是獨一；每一物種的功能都是無二，那有高下之分、貴賤之別。在大自然的眼中，天地萬物都是一般高，都有各自的神通與妙用，所以說「天生我材必有用」。何必硬要說「人是萬物之靈」？何必強調「人是高等動物」？

其實，「人」只不過是大自然千千萬萬物種之一，人有生老病死，其他物種也有生老病死；人有高度求生意志，其他物種也有高度求生意志；人以大自然中的陽光、空氣、水為活命的養分，其他物種也以陽光、空氣、水為活命的養分；人有活命的權利，其他物種也有活命的權利；萬物同居一個屋簷下，誰大又誰小？誰強又誰弱？誰貴又誰賤呢？

自視甚高的人類，不僅沒有跳脫以物種為本位的思維方式，還高舉著「人權」的大旗，卻殘害萬物生靈；祭出「人權」的盾牌，護衛一己的私利。所以大山被挖空了；森林被砍伐了；動物被獵殺了；空氣被汙染了；光害讓夜行動物瀕臨滅絕；人類對水資源的強取豪奪，讓各類水生植物面臨嚴重生存威脅。

人類無視於其他物種的生存權，把世界當成自己的後花園；無視於天地共生共榮的自然法則，把所有其他動物視為自己豢養的家畜。就是這種「自貴而賤物」的心態，人類的貪婪之心已逐漸形成吞噬萬物的黑洞，讓萬物共生共榮的地球，加速奔向毀滅。

《莊子》又說：

> 以差觀之，因其所大而大之，則萬物莫不大；因其所小而小之，則萬物莫不小；知天地之為稊米也，知毫末之為丘山也，則差數睹也。

就是說：貴賤、大小都是相對的，都是出自人類自認聰明的「分別心」所形成的概念。所以從萬物之所以為大的微觀角度看，天地萬物都很大；從萬物之所以為小的宏觀角度看，則天地萬物都很小。也就是說，站上整個宇宙的高度看地球，地球只不過像一粒米那麼小；但站在微細到幾乎看不見的微觀仰角看，那怕是一根毫末或一粒灰塵都像一座高山那樣大。

人類用什麼心態思考問題；用什麼心境看待萬物；用什麼高度觀察人與大自然之間的關係，都牽動著世界的未來。

人類能不能站在宇宙的高度，能不能摒除「以人為尊」的自私心態；能不能以「物無貴賤」的胸懷尊重大自然，讓人類返璞歸真，回歸大自然，那就存乎人類的一念之心了。

人類以一己之私打破了地球原本和諧而平衡的自然生態，而又因貪得無厭、揮霍無度，讓地球產生曠古未有的生態危機。

雖然不少有識之士開始呼籲「節能減碳」，開始要求「自我節制」，開始主張減少貪欲，回歸簡樸。但壟斷並獨享地球絕大部資源的工業化國家仍然我行我素；開發中國家卻又不甘落後，急起直追；而處於朝不保夕，極度貧窮落後的國家，則形同刀俎，自然資源任人破壞，任人奪取，使得地球生態惡化的程度，不僅毫無減輕的跡象，反而更加變本加厲，人類陷在貪婪的泥沼裡而不願自拔，這就是為什麼「搶救地球」的聲浪大，而改善生態功效小的原因。

《莊子》也說：

> 以趣觀之，因其所然而然之，則萬物莫不然；因其所非而非之，則萬物莫不非。

態度決定高度，一個人的態度如果是正向的，所看到的萬事萬物都是正向明亮的，都是價值非凡的；如果一個人的態度是負面的，所看到的萬事萬物都是負面陰暗的，都是一無可取的。而態度又取決於一個人的心態，所以佛經說：「心如工畫師，能畫種種色。」地球的前途，取決於人心的趨向，人類要想逆轉地球加速崩解的頹勢，必須先導正自大而貪婪的心態。

人類傲慢自大，揮霍無度的心態不導正，「自貴而相殘」的價值觀不調整，尊重自然的心念不強化，恢弘的氣度不培養，任何改善地球生態惡化的呼籲都是枉然。

人因為站得不夠高，所以看不到自己的渺小；人也因為縮得不夠小，所以看不到萬物的偉大。

兩千多年前的莊子，老早就洞悉這一點，因此處處苦口婆心，為後人指點迷津。只是有多少人能理解莊子的這些苦口婆心呢？世界之所以紛紛擾擾；地球生態之所以不斷惡化，或許這是人類的宿命，也或許這是眾生的共業吧！

不以心損道，不以人助天

《莊子》曾講了這麼一個故事：雲將到東方遊歷，經過扶搖神木之枝，見到一個名叫鴻蒙的人，鴻蒙是一個自然之氣凝聚，混沌未開的老頭子。

雲將見到他時，他正用手拍著大腿，像小鳥一樣跳來跳去，自己玩得很開心。

「老人家，你在幹什麼？」雲將好奇地問。

鴻蒙還是用手拍著大腿不斷跳來跳去，他只回答雲將一個字：「遊」。意思是：我在遨遊啊！

雲將說：「我有一個問題想請教您。」老頭仍然像天真的小孩一樣，回答還是一個字：「喔！」

雲將說：「天氣不和，地氣鬱結，六氣不調，四時不節。今我願合六氣之精，以育群生，為之奈何？」意思是說：「現在天地有病，四季不調，氣候也不按牌理出牌了，我很想調和天地間的六氣精華，讓大地能風調雨順，讓老百姓能獲得良好的哺育生養。這樣的理想，不知道要怎樣才能做到呢？」

鴻蒙繼續拍著大腿，蹦來蹦去地說：「我不知道！我不知道！」

過了三年，雲將又東遊到原地，恰巧又碰到了鴻蒙。

這一次雲將快步迎上前，對著鴻蒙說：「你還認得我嗎？這一次您一定要回答我的問題。」

鴻蒙對雲將說：「我只是浮游在天地之間，從不知道要追求什麼，我只是隨心所欲，自由自在，也不刻意尋求到哪裡去，我只知道縱遊在紛繁的天地之間，觀察著天地萬物，哪裡會知道什麼道理啊！」

雲將卻再三地懇求，鴻蒙終於脫去一副老頭的外表，把心裡最樸素的真理說了出來。他說了兩個字：「心養」。所謂「心養」就是養心，就是修養心靈。

這擲地有聲的兩個字確是解決世間一切紛亂苦痛的良方，因為「一切唯心造」，因為「心淨國土淨」，因為「溫室效應，源自於心室效應」。

《莊子》認為天地萬物，應該回歸各自本性。但要如何「回歸本性」呢？要「渾然不用心機」。

人一旦使用了心機，就會失去了本性，天地萬物若失去本性，世間就紛紛擾擾，人失去清淨的本性，人世間就永無寧日。

莊子非常推崇「真人」的境界，他在《大宗師》一文中說：

古之真人，不知說生，不知惡死。其出不訢，其入不距。翛然而往，翛然而來而已矣。不忘其所始，不求其所終。受而喜之，忘而復之。是之謂不以心損道，不以人助天，是之謂真人。

意思是說：「古代的真人，不會樂生惡死，也不會樂死惡生。他無拘無束地來，也無拘無束地走，他不會忘記自己從哪裡來，也不會追求自己要到哪裡去。有事就欣然接受，面臨死亡也不會拒絕，他已到了忘記生死，回歸自然的境界。不會因為心智的欲求而損壞天道，也不會用人為的方式輔助天然」。

「不以心損道，不以人助天」，這是《大宗師》一文的精華所在，心機越重，破壞力越強，不僅破壞人與人之間的和諧，也破懷了人與大自然之間的和諧。

而心機的最根本源頭就是貪欲，有了貪欲，就想去取得，去擁有，去滿足，於是就會耍盡心機，就會機關算盡，就會勾心鬥角，就會爾虞我詐，這是人與人之間，關係惡化的開始，是以心損道的一端。

至於「以天助人」更是可怕。人類是大自然中的一分子，但往往不自量力，妄想以大自然中非常卑微的一分子，去扳動整個大自然，妄想要幫助大自然，改變大自然，就像手只是人體的一小部分，卻想用手去提起整個身體一樣。

這種「助天」的想法或行為，動機或許是出於善意，也或許是為了人類的一己之私，但無論如何，大自然的法則是不容干擾，也不必要干擾，不論是什麼理由或動機，部分那裡有辦法扳動整體，何況干擾了大自然的法則，不是「天助」，而是「逆天」，天道無言，只是反撲。人類逆了天，天的唯一回應，就是反撲，人類就自造其殃了。

所以莊子所謂的「心養」，要修養我們的心靈，就是要我們「不以心損道，不以人助天」。要讓鳥像鳥一樣地飛翔，讓花像花一樣地盛放，讓雲像雲一樣地飄浮，讓雨像雨一樣地淅瀝，大自然自有一套相互和諧的規律，不需人類自作聰明地去幫助它。

而人與人之間，無邪就是和諧之道，不需有太多的心機，心機一出，人類之間和諧就被破壞掉了。因此莊子也一再強調「心齋」，心齋就是心靈上的齋戒，齋戒的目的就是回歸清淨的本性，回歸到沒有「心機」的赤子之心。

「有生命就有生死」，是大自然的法則。我們固然不必「樂生惡死」，但也不應「樂死惡生」，我們應瀟灑地來，瀟灑地走，順天而行，順勢而為。

大自然的歷史告訴我們：天道不可違，心機不可有。因此富有的社會，講究養生，不如講究養心，如果捨養心而逐養生，那就會為了養生而創造更多的欲望。更多的欲望又悖離了養生之道，而又要再去追求養生，那就是惡性循環，那就是捨本逐末，那就是治絲益棼。所以養心才是釜底抽薪的根本養生之道。心靈健康了，天地人各安其分，天人關係自然和諧。至於生死之事，就讓它回歸自然法則，生死自在吧！

心寧則安

大家都知道：佛教哲學非常重視心性。所以不論法師說法或禪師悟道，總不會忘記提醒世人要在「自心」上用功夫。所謂「一切唯心造。」所謂「心如工畫師，能畫種種色。」無非都是在詮釋「心」的神通妙用。

現代的心理學家也不斷在講述「心態」的重要性。他們常常強調：「用甚麼心態看世界，世界就會變成那樣子。」換句話說：能夠影響一個人喜怒哀樂的，不是環境，而是心境。

然而，「心」是看不見，摸不著的存在，它的作用又是那樣「玄之又玄」，它可以「一念三千」，也可以「三千一念」，可以讓人喜，讓人悲；可以讓人感覺進天堂，也可以讓人感覺入地獄；可以讓人對宇宙的奧祕趣味橫生，也可以讓人對人生事物感到枯燥乏味，心又可以說是「眾妙之門」了。因此，不分中外，不論古今，所有的哲學家都在探討心性問題，都在尋找：「心」為何物的答案。佛教當然也不例外。

禪宗公案裡就有這麼一則有名的故事：

禪宗二祖慧可禪師對初祖達摩禪師說：「我心未寧，乞師與安。」

達摩禪師說：「將心來，與汝安」。

慧可禪師停了良久說：「覓心了不可得。」

達摩說：「我與汝安竟。」

在現實的生活中，紅塵滾滾，苦樂糾纏，每個人都心有千千結，都活在心緒不寧中。當我們心緒不寧時，又總會千方百計，尋求為不安的心緒解套的方法。其實，讓心緒不安的，是自己的心，能讓心緒安寧的，也是自己的心，要安不寧的心緒，一定先要找到那顆能躁能寧的心，而心的主人是自己，連自己都無法控制自己的，又豈能安心？

說得更直截了當一點：心是一切煩躁苦惱的根源，想解除煩躁苦惱，不在根源上對症下藥，而在根源之外尋尋覓覓，到頭來還是「抽刀斷水水長流，舉杯消愁愁更愁」，徒勞無功，白忙一場。

誠如僧燦禪師所說的：「智者無為，愚者自縛。法無異法，妄自愛著。將心用心，豈非大錯。迷生寂亂，悟無好惡。」只要能去除執著迷亂的分別心，覺悟「無心者通」的意涵，心自然不藥而安。如果要用迷亂愛著的心去止息煩躁苦惱的心，那無異是火上加油、雪上加霜，會讓煩躁的心更煩躁，讓苦惱的情更苦惱了。

禪宗四祖道信禪師，當他十四歲還是沙彌時，對三祖僧璨禪師說：「願和尚慈悲，乞與解脫法門」

僧璨禪師說：「誰縛汝？」

道信說：「無人縛。」

僧璨說：「更何求解脫乎？」

我們每一個人都是凡夫，每天都在作繭自縛，所以才會產生許許多多的煩惱，也才會到處尋求「解脫之道」。事實上，所有的煩惱，都是自惹自找，所有的繫縛，都是自細自縛。解鈴還須繫鈴人，自我解放了，一切煩惱也就消除了。遺憾的是：喝醉酒的人，往往不承認自己已經醉了；當局的人，往往不知道自己已經迷失了；煩惱的人，往往不知道煩惱是自己找來的，所以才會到處尋找解脫之道，到處尋覓安心良藥。

閱讀禪宗三祖僧璨禪師的《信心銘》，內心有頗多感觸。許多人經常抱怨處境坎坷，時運不濟，其實一個人處境的好壞，不在於環境，也不在於時運，而是在於心境。「心境」，就是心靈的境界，心靈境界的高低，決定了生命品質的高下與幸福感覺的有無。《信心銘》說：

至道無難，唯嫌揀擇。
但莫憎愛，洞然明白。
毫釐有差，天地懸隔。
欲得現前，莫存順道。
違順相爭，是為心病。
不識玄旨，徒勞念靜。

人心之所以有病，是因為有太多的主觀，太多的執著，太多的憎愛，太多的欲望，太多的名利，太多的得失順逆之爭。其實至高無上的心境，存乎我們的一念之間。一念覺，則海闊天空，一念迷，則地獄深淵。同樣的處境，心念不同，就會出現兩種截然不同的生活態度與人生境界。

曾經聽過這樣一則故事：兩位年輕朋友經過一家五星級飯店，看到一輛豪華小轎車停在飯店的門口，其中一位不屑地說：「據我所知，坐這種車的人，腦子裡一定沒有甚麼學問。」另一位年輕人聽了，淡淡一笑說，「據我所知，說這種話的人，口袋裡一定沒有多少錢。」

別人有豪華轎車坐，我們固然不必羨慕，但也不要有酸葡萄的心態。嫉世憤俗，固然不足道，巧言諂媚也不足取。生活想要過得心安理得，總須調平自己的心態，該過怎麼樣的生活，就過怎麼樣的生活，不忮不求，不貪不取，能像諸葛孔明所說的「淡泊以明志，寧靜以致遠」一樣，就能「違順不爭」，心也就「無往不安」了。所謂「六塵不惡，不惡六塵」，只要心安了，氣平了，就能體會「平常心是道」的箇中三昧。

吃虧是福

這個年頭，誰都想占便宜，誰也不想吃虧。其實俗話說得好：「吃虧就是占便宜。」難得糊塗心自安。

清朝揚州八怪之一的鄭板橋，曾有「吃虧是福」的匾額，一時傳為警世箴言，人人書寫掛牆上。鄭板橋的理論是：

滿者，損之機；虧者，盈之漸。損於己則益於彼，外得人情之平，內得我心之安，既平且安，福即在是矣。

簡短的幾個字，把鄭板橋豁達的人生觀表露無遺。人生無常，貴賤無住，所謂「花無百日紅，人無千日好」就是這個意思。何況就自然的法則看，生住異滅，成住壞空，四時循環，盈虧消長，不僅是自然界的常態，也是人生的常態。毀譽如煙，名利虛幻，只要能讓人心生歡喜，自己受點委屈又何妨？

更何況：「滿者，損之機；虧者，盈之漸。」處處占人便宜，必然排擠他人，讓人心生厭惡，埋下被人排擠的種子。

而處處謙卑讓人，看似吃虧，其實贏得別人好感，就奠下轉虧為盈的利基。鄭板橋的「吃虧是福」，和另一個「難得糊塗」的箴言，都有著異曲同工之妙。「得饒人處且饒人」對己無損，對人有益，正是「外得人情之平，內得我心之安」，人我兩贏，何樂不為。如果處處「機關算盡」，苦了別人，也苦了自己，人我兩輸，何苦來哉！

可惜，人往往是情緒的動物，我執、我慢、我疑，隨時主宰著我們的心念，於是態度跟著情緒轉，情緒跟著好惡轉，理性臣服於情緒，情緒迷亂了理智。遺憾的是：道理往往是「得知」，實際行為又往往「做不得」，這才是人類的悲劇，是人類涵養不能向上提升的病因。

鄭板橋題許湘〈芭蕉夜雨圖軸〉云：

主人畫筆最清幽，何苦芭蕉寫作愁；
夜雨半窗風半榻，怎教宋玉不愁秋。

人性本來靜寂清幽，但是，「生命在剎那中起滅，生活在剎那中變化，生死在剎那中相續。有生命即有生活，有生活即有生死。有生命即有意識，有意識即有感受，有感受即有苦樂，有苦樂即有分別，有分別即有迎拒，有迎拒即有人我是非，種種煩惱叢生。」所以，慾望越多，煩惱也越多，這就是道家主張清靜無為，佛家強調持戒寡欲，儒家呼籲修齊治平的道理吧！

放下著，雲淡風輕；退一步，海闊天空。「花落家僮未掃，鳥啼山客猶眠。」意境雖似慵懶，卻也一時空靈，得大自在了。

一本難唸的《道德經》

老子《道德經》這本書名氣很大，但能讀懂它的人不多，因為這本書所要闡述的道理，跟我們一般人的思維模式大相逕庭，也就是不符合我們人類所謂的邏輯，大大違反我們所說的「常理」，所以讀起來讓人百思不解。

譬如老子《道德經》說：

曲則全，枉則直，窪則盈，敝則新，少則得，多則惑，是以聖人抱一為天下式。

不自見，故明；不自是，固彰；不自伐，故有功；不自矜，故長。夫唯不爭，故天下莫能與之爭，古之所謂曲則全者，豈虛言哉？誠全而歸之。

如果我們把上述這段話翻成白話文，意思是說：

「虧缺的，反而會得到保全；曲枉的，反而會得到正直；低窪的，反而能夠充盈；朽舊的，反而能得新生；少取的，反而多得；貪多的，反而會自我迷惑。所以聖賢之人，必是與道合一，做為天下人的典範。

不以自己的見解為見解，所以能看得分明；不以自己的是非為是非，所以是非反而能彰顯；不以自己的功勞為功勞，反而能得到功勞；不驕傲自大，反而會得到別人的敬重，尊你為長。正因為你不競不爭，所以天下沒有人能跟你競爭。古人所說的：『虧缺的，反而會得到保全』，這句話哪裡有半點虛言？這句話確實能夠與『道』合一，不以曲枉為曲枉的，天下便全歸屬他了。」

許多人看不懂《道德經》的原文，會怪罪《道德經》中的文字詰屈聱牙，是古人文言文的死文字，現在人看不懂。現在我們已經把古人死文字的文言文，翻成現代人能懂的白話文了，可是又有多少人能了解老子所要表達的微言大義？可見我們看不懂老子《道德經》不純然是文字的問題，同時也是觀念的問題，思維的問題與悟性的問題。

現代人被人類原創且獨有的「邏輯」束縛太久了，跳不出慣性的邏輯思維模式，只要違反人類所認定的「邏輯」的，就會認為荒誕不經，認為難以思議而嗤之以鼻。

人類的邏輯思維具有很高的排他性，人類先把天地萬物畫分為二元或多元對立，然後建立起「非此即彼」或「此是彼非」的推論方式。而老子把兩個相對立的名詞，視為一體；把兩個相互矛盾的概念，統一在一塊。明明是山頂，他偏偏說山頂就是山谷；明明是少的，他偏偏說少就是多；明明是大的，他偏偏說大就是小；明明是有的，他偏偏說有就是無，這種違背人類邏輯推理方式的說法，當然會讓人丈二金剛摸不著頭腦，大呼荒謬絕倫了。

有這麼一個故事：一位學生問老師：「老師，你所掌握的知識比別人超出許多倍，可是為什麼你老是對自己的解答產生懷疑，老是說你還是愚昧無知？」

老師聽了後，順手拿起手杖在沙地上畫了個大圓圈，然後又畫了個小圓圈，說：「大圓圈的面積代表我掌握的知識，小圓圈代表你掌握的知識。這兩個圓圈以外的地方，就是你我無知的部分。因為我的圓圈大，接觸無知的部分也大；你的圓圈小，接觸無知的部分也小，這就是我常常懷疑自己，常常認為自己愚昧無知的原因。」

要了解問題的真相，必須看整體，不能只看片段，知與無知本來就是一個整體，本來就是一體的兩面，宇宙真相無所謂知與不知，不管你知也好，不知也罷，宇宙真相還是宇宙真相，只是人類往往犯了偏執的毛病，常常以自己所認為的知為知，以自己的是為是，於是彼此之間就出現許許多多不同的宇宙真相，人類也就在相互偏執中，相互撻伐，自我迷惑了。

所以老子說：「不自見，故明；不自是，固彰；不自伐，故有功；不自矜，故長。夫唯不爭，故天下莫能與之爭。」這些話的微言大義，不就是為了道破人類因所患的偏執毛病而帶給人類社會的無窮禍患嗎？

其實人類邏輯上的所謂二元對立，本來就是一體的兩面。知有多大，無知就有多大；富有多大，貧就有多大；巧有多大，拙就有多大，因此

「大知若愚，大巧若拙」的處世哲學，成了老子所要教導大家的至理。古人所謂「吃虧就是占便宜」的明訓；鄭板橋所說的「難得糊塗」的箴言；《易經》中「謙受益，滿招損」的名句，不都是在詮釋這個道理嗎？

今天我們社會之所以紊亂，就是大家「以自見為明；以自是為彰；以自伐為功，以自矜為長。」處處充滿「爭」的作為與言詞，大家只知道「爭」的好處，卻不知道「不爭」的妙用。

滾滾長江東逝水，浪花淘盡英雄，
是非成敗轉頭空，青山依舊在，幾度夕陽紅。
白髮漁樵江渚上，慣看秋月春風，
一壺濁酒喜相逢，古今多少事，都付笑談中。

「今人不見古時月，今月曾經照古人，古人今人如流水，共看明月應如此。」青山為證，明月為鑑，古人今人來來去去，有如流水，紅塵滾滾，是是非非，蝸角虛名，利祿雲煙，誰智誰愚？誰弱誰強？誰能了解老子《道德經》中的深邃哲學奧義？

一個小男孩的禮物

曾經聽過這麼一個故事，當時的確讓我感動不已，至今印象仍然深刻。那是發生在夏威夷一座偏遠小島上，師生之間真情互動的小故事。故事的大意是說：

一位老師對一群小學生解釋為什麼人們總是在聖誕節的時候要相互贈送禮物。老師說：「禮物是表示我們的關愛和對耶穌降臨的歡喜，也表示對愛我們的人的一種感激之情。」

過了幾天，聖誕節到了，一個男孩子為老師帶來了一個閃閃發亮的貝殼，那是貝殼中少有的珍品。於是，老師好奇地問小男孩：「你在哪裡找到這只不尋常的貝殼？」

小男孩告訴老師說：「在二十公里外的一個隱密海灘，有時會有這種閃亮的貝殼被沖上岸來。我爸爸告訴我，那是一種很珍貴的貝殼。為了送給老師一份聖誕禮物，我走了二十多公里，為老師撿到一只。」

老師說：「這貝殼真的太美了，我會一輩子珍惜它，但你不應該走那麼遠的路，專程為我尋找這件禮物啊！」

小男孩靦腆地說：「一個貝殼作為禮物可能太輕了，我還把『走路』也當禮物送給您。」

老師聽了，緊緊抱住小男孩，感動地說：「你的貝殼我很喜歡，但你『走路』這份禮物，對我來說更是珍貴。」

多麼美的一個故事；多麼感人的一段師生情緣，小男孩敬愛老師，是那樣的單純，那樣的無邪，那樣的誠摯，他不僅把一個得來不易的美麗貝殼送給老師，而且也把來回四十多公里的「走路」，也當禮物送給老師。對一個小男孩來說，來回走四十多公里的路，是多麼艱苦與難得，如果不是出自內心的高度誠懇與敬意，不是內心深處的善良與歡喜，他怎麼可能不辭勞苦，無怨無悔地走那麼遠的路，找來一份稀有的貝殼當禮物。

所以，小男孩送給老師最有價值的禮物，不是那只貝殼，而是那份心意，那份對老師最真誠的敬愛之意。因為貝殼作為禮物，雖然可以代表一種敬意，但不足以代表全部的心意。貝殼加上辛苦的「走路」，才是代表小男孩的全部心意。難怪老師會緊緊抱住小男孩，並激動地說：「你的貝殼我很喜歡，但你『走路』這份禮物，對我來說，更是珍貴。」

人世間最珍貴的是人與人之間的那份至真至誠，至親至愛的情意，沒有那份發自內心最清、最純、最天真、最無邪的情意，任何禮物就會染上不純正的動機，這種動機不純正的禮物就不是真正表達內心情意的禮物。這種禮物，就變成了一種交換，一種應酬，一種虛偽，一種賄賂，一種充滿心機的交易。

老子《道德經》有這麼一段話：

> 聖人無常心，以百姓心為心。善者，吾善之；不善者，吾亦善之，德善。信者，吾信之；不信者，吾亦信之，德信。聖人在天下，歙歙焉

為天下渾其心，百姓皆注其耳目，聖人皆孩之。

這段話，翻成白話文的意思是說：聖人永遠沒有存著一己的私心，他把百姓的心當成自己的心。善良的人，我以善良對待他；不善良的人，我也以善良對待他，這樣就得到善良了。信實的人，我以信實對待他；不信實的人，我也以信實對待他，那樣就得到信實了。聖人治理天下，以這樣的信念凝聚百姓，使他們有一顆渾然樸素的心，讓他們都能聽從聖人的言行，而聖人則像對待自己的孩子那樣來愛護他們。

就是這份「聖人無常心，以百姓心為心」的心意，這份「善者，吾善之；不善者，吾亦善之」；「信者，吾信之；不信者，吾亦信之」的至誠與至愛，聖人才能「歙歙焉為天下渾其心」，而百姓也才能「注其耳目」。但最讓人感動的是：聖人對所有百姓「皆孩之」，聖人把所有的百姓都看成自己最關愛的孩子，所以能以孩子之心為心；以孩子之愛為愛；以孩子之憂為憂；以孩子之喜為喜。孩子有病，父母的心比孩子的病更病。他們苦孩子之苦，痛孩子之痛，那份至親、至愛、至情至性的心意，是全然的；是無怨、無悔、無憂、無求，心甘情願的。

不知道從什麼時候開始，台灣逐步籠罩在「拚政治」的風暴裡，在風暴的迷霧之中，老百姓看不清方向，也看不到未來，老百姓在徬徨中埋怨，也在失望中憂鬱，但政治人物似乎耳不聽，目不明，也許他們是故意耳不聽，目不明，但不管如何，他們總是聽不見老百姓的心聲，總是不了解百姓的望治之心，又哪裡能夠「以百姓之心為心」？儘管每一位政治人物都在高喊「苦民之苦」，但他們又何嘗知道民之苦何在？又何嘗用具體作為去解決民之憂苦？

其實台灣老百姓都很善良，都很純樸，他們不在意政治人物能給他們什麼厚重的禮物，他們只在乎政治人物有沒有那份「以百姓心為心」的心意。

就像那位小男孩送給老師的禮物那樣，不管那只貝殼的價值是輕是重，他以「走路」的那份心意為禮物，就彌足珍貴了。小男孩的純真，相較於大人們的私心作為，我們哪能不自慚形穢，深心懺悔！

自由心證與數字迷思

法官的「自由心證」樹立了法官的權威，卻也造成了不服者的不平與無奈。評鑑制度中的「數字會說話」，過度重視「數據量證」，也造成被評鑑者的有苦難言，有志難伸，是另一種的不平與無奈。

我們常說：科學講究證據，有多少證據說多少話。有時證據是一大堆的事證，有時證據是一連串的數據。事證靠證物的提供與事實的陳述，而數據靠數字的呈現與對數字的解讀。遺憾的是：現代人總認為數字是客觀的，陳述是主觀的，所以現在「評鑑制度」不斷要求量化，一再地強調：「拿出數據來」。

事實上，數據果真能說出真話嗎？沒有數據的主觀事實陳述，果真會偏離客觀事實嗎？對於這個問題，相信沒有人會有肯定的答案，也不敢有肯定的答案。因為答案不論是或非，都會引來更多的挑戰，引起更多的爭論，會讓問題變得更複雜，更無解。

但不管如何，自詡為受過科學訓練的人，都比較會振振有詞地說：「量化是客觀的，數據較能接近事實。」於是許多學者專家都不知不覺地掉進「數字的陷阱」裡，在數字的迷思中，做出不正確或不恰當的判斷。所謂「物極必反」，數字被過度強化了，難以用數字呈現的人文就被輕蔑了。

於是不少哲學家、文學家或宗教家，開始提出反思，難道數字就是事實的一切嗎？難道人品或人文可以用數字完全呈現嗎？難道「富有」果真是一連串數字嗎？難道「幸福」果真能夠在數字中找到嗎？難道解剖了無數的青蛙，果真能從中找尋到生命意義的答案嗎？難道人類的命運，果真要在數字中找尋希望嗎？人類創造了數字，運用了數字，難道最後人類要被數字左右嗎？難道果真要讓數字「反客為主」，成為主導人類前途的主人嗎？

遺憾的是：越是社會化的大人，越是迷信數字，越是受高等教育的人，越是相信數據萬能，這是純真的孩童所難以理解的。韓國佛教界有一位知名的法師曾經這麼說過：

大人只愛數字，他們只問：「他多大年紀呀？兄弟幾個呀？體重多少呀？他父親賺多少錢呀？」從不問：「他最喜歡什麼遊戲呀？是否收集蝴蝶標本呀？」

如果你對大人們說：「我看到一棟用紅色磚瓦蓋成的漂亮房子，它的窗戶旁邊開著天竺葵，屋頂上還有百花齊放，小鳥飛翔。」這樣的陳述，大人們怎樣也想像不出這種房子有多好。你必須跟他們說：「我看見一棟價值超過千萬美金的房子，占地二、三十畝，有十多間的客房，一座游泳池，兩間遊戲間……。」那他們才會驚訝地說：「多麼不得了的房子啊！」

這就是大人對數字的迷思，他們不在意紅磚翠瓦，也不在意窗邊是否開著天竺葵，是否有蝴蝶飛舞、小鳥鳴唱；他們在意的是多少錢、多少畝、多少房間、多少設備，只要誇大了數字，他們就會驚嘆不已，讚不絕口。

除了陷入數字的迷思之外，人們也常常掉入數字的陷阱。君不見大家樂風靡之際，或六合彩大行其道當兒，全民不都陷入數字遊戲與數字陷阱之中嗎？當時不僅大家對數字著迷，所謂明牌也者，不就是一堆的號碼數字嗎？股票市場又是另一種數字遊戲，當買賣股票成為全民運動的時候，有多少人因數字而喜，因數字而憂，甚至因數字而迷失心智，因數字的高低起落而喪身失命，數字已成為致命的吸引力，儼然控制了許多人的喜怒哀樂情緒，編導了許多家庭的悲喜劇。

除了一般平民百姓外，政府官員也在數字裡載浮載沉，他們也不斷沉溺於數字的遊戲中。他們關心經濟的成長率高低，他們在意進出口數字的消長，似乎他們只能從數字裡去證明老百姓過得有多美好，從犯罪率的增減去表示老百姓生活得有多安全。於是政府官員全副精神，投注在數字上，當數字上升時，就意氣風發，當數字下降時，就大發雷霆，從不關心真正的民瘼在哪裡，不覺悟自己生命的靈魂還剩下多少。

一個社會如果過度偏重法律上的「自由心證」，意識型態就左右了一切，於是藍綠交鋒了，本土、非本土對抗了，族群分化了，社會疏離了；而過度偏重數學上的「數據量證」，數字變成了權威，凡是無法用數字呈現的人文、品德、禮節、涵養，一概都被輕蔑了。於是政治人物重視的是意識型態，政府官員重視的是一些統計數字，於是五年五百億就能成就世界一流大學的數字迷思產生了，這種自命不群的威權式「自由心證」，與自認最科學、最客觀化的「數據量證」，形成了主導我們社會的主流力量，不知道這是台灣老百姓之幸呢？或是台灣老百姓之不幸？不知誰能回答這個大哉之問？

「名相」與「實相」

一個小孩放學回家，媽媽看到他好像很困惑，很沮喪的樣子，於是問他說：「你今天怎麼了，看起來無精打采，發生了什麼事嗎？」那個孩子說：「我陷入了一片混亂，我認為我們的老師一定發瘋了，昨天他告訴我四加一等於五，而今天卻說三加二等於五，他一定是發瘋了，否則既然四加一等於五，那麼三加二怎麼可能也等於五呢？」

聽了這個故事，或許大家會啞然一笑，笑孩子的天真也好；笑孩子的愚昧也罷！但這樣的故事不也經常發生在你我的身上嗎？

執著於語言文字，是阻礙現代人思想的最大因素。語言文字有時是指向真實之路的明燈，有時也是導人誤入歧途的陷阱。遺憾的是現代人面對排山倒海，迎面而來的各類資訊與符號，不經抉擇，不經思慮地照單全收，於是，上焉者，有的人開始困惑了；下焉者，有的開始發瘋了。困惑者猶能汲汲尋求解答，還有醒悟的一天；發瘋者已執非為是，掉入了因名相而混淆實相的語言文字圖像等符號的陷阱泥沼中，而不能自拔。

馬克．吐溫是十九世紀美國最偉大的文學家之一，他所寫的小說之所以出類拔萃，得益於早年從事記者生涯的不少經歷。他的墓誌銘是這樣寫著：「他觀察著世態的變化，但講述的卻是人間的真理。」這段話確實發人深省，讓人印象深刻。

世界上風雲變化，人世間真真假假，名相與實相；表相與真相，撲朔迷離，如真似幻，而塵世間的所有凡人，卻都活在「名相」的幻象裡，只有極少數的聖人智者活在「實相」的悟境中。於是「名相」壓倒了「實相」，「表相」驅走了「真相」，我們的世界變得顛顛倒倒；人生變得虛虛實實。

君不見多少癡情男女，非常在意一句「我愛你」。不論「我愛你」、

「我恨你」、「我討厭你」、「我喜歡你」，這些都只是一種語言或一種文字，一種圖像，一種符號，充其量只是一種「名相」。「名相」不必然等於「實相」，可惜我們凡夫俗子總是在「名相」中討生活，多少人聞「聲」起舞，多少人隨話而瞋、隨話而喜、隨話而怒、隨話而憂，語言文字等「名相」，變成了世界上最偉大的「催眠師」，在它的「催眠」之下，能令人哭，能令人笑；天子一怒，血流成河，一言興邦，一言喪邦，威力之大，震古鑠今，不僅牽動一個人的情緒，也牽動一個社會的盛與衰，牽動一個國家的興與亡。

將語言文字等「名相」的威力，發揮得最為淋漓盡致的，莫過於現代人賴以過活，不容或缺，且又無所不在，無時不在的各類媒體了，尤其是新聞媒體。細看現在新聞媒體報導，與其說是報導一個事實，倒不如說是報導一個現象。更精準地說，只是從報導一個表相到另一個表相，報導一場混亂到另一場混亂，於是讀者和觀眾也就從一個迷霧進入另一個迷霧，從一個陷阱掉到另一個陷阱，永遠看不到實相，也永遠無法了解真相。

正因為如此，馬克・吐溫的墓誌銘就顯得特別重要。做為一個記者，他不得不觀察世態的變化，但做為一個智者，他也有責任指出那世態變化表相背後的那個實相，那個真理。

觀察人類的行為，我們不難發現：只要我們不斷重複一句話，就會讓人信以為真。也就是說，虛幻不實的「名相」會創造出「實相」。「曾參殺人」的故事，不正是在詮釋這個道理嗎？這個由「名相」幻化出來的「實相」，其實都是幻象。

希特勒在他的自傳裡曾說：「我知道真理和謊言之間只有一個差別，那就是：一個謊言被重複很多次之後，就變成真理。」希特勒的這段話，一直以來都被野心的政客奉為金科玉律，他們利用一般人對語言文字的迷思，不斷重複著一些「名相」，這些「名相」一旦深入人心，就會內化為「意識型態」。而這類虛無飄渺的「意識型態」又製造了信念上的衝突，整個世界就開始因衝突而對立、因對立而分裂、因分裂而戰爭，無辜的老百姓因此陷入痛苦的深淵。

曾經聽過這麼一個故事：

一個叫彼得的人，有一次他喝得酩酊大醉，搖搖晃晃地走回家。他敲他家的門很多次，他的太太來開門。彼得問他太太說：「太太，妳能告訴我，彼得住在哪裡嗎？」

彼得太太說：「這太過分了吧！你就是彼得啊！」

「妳說得沒有錯，這個我知道，但是妳並沒有回答我的問題，他住在哪裡？」彼得說。

這就是我們現在的情況。拜科技之賜，科技讓各類符號的魔力更加強，更膨脹了。它創造了無數幻象，無數虛擬世界，讓我們更加迷失在語言文字與圖片影視的虛擬世界裡，迷失在各類新聞報導與評論的幻象中，迷失在各類資訊廣告文宣的虛擬世界裡，模糊了那個最重要的實相，忽略了那個實實在在的真理，忘記了那個真正屬於自己住處的家。馬克．吐溫墓誌銘的那句話，難道我們不應省思再三，更加惕勵自覺？

當心語言的陷阱就在身邊

稍具「語意學」知識的人都知道：語言只是一種符號，它不是真相，也不是事實本身，它只是一種媒介，一種工具而已。就像「鏡中人，水中影」一樣，鏡子只是顯人的工具，澄水只是映影的媒介，鏡中人並非原來有血有肉，能思能想的本人；水中影，也並不是原來事物的本身。語言文字也一樣，它們僅是說理述事的一種工具，語言文字本身不是事理，不是真相。

遺憾的是：日常生活中，我們常有「一犬吠影，眾犬吠聲」的現象，許多人不僅無法擺脫語言文字的制約，還越陷越深，於是思想與情緒，觀念與作為，都在各種語言文字與各類符號的催眠下載浮載沉。

於是「抱鏡嗅花」的人有之，「水中撈月」的人有之，他們錯把鏡中花當真花，把水中月當真月，以幻為真，認虛為實，處處道聽塗說，反過來還振振有詞，誤把他鄉當故鄉，豈不可笑。事實上，語言文字有如魔法師，它可以「無中生有」，也可以「以假亂真」，更可以「以虛為實」，有意無意間，有形無形地影響了我們的行止，左右了我們的思緒。

由於我們受語言文字等符號的制約太久了，大家都習以為常了，連應有的理性思辨，都受到它的制約了，因此有學者認為：人類所強調的理性知識，為我們這個客體的世界畫了一張圖紙，大家都只相信這張世界圖紙，每個人都在按圖索驥，反而不相信我們所親眼目睹的客體世界了。誠如西方學者霍布士(Thomas Hobbes)所說的：

> 人根本不曾考慮單從語言文字所累積起來的知識是否正確，即使發現有問題，也不敢懷疑它的正確性。這就是人類的悲哀所在，人類陷入了語言文字的陷阱而不自知。但古今中外，也有不少有識之士，早已洞悉這個桎梏人類思想與行為的語言文字陷阱。

例如佛教經典《智度論》就有一個有名的指月故事說：

語以得義，義非語也。如人以指指月，以示惑者，惑者視指而不視月。人語之言：我以指指月，令汝知之，汝何看指而不視月？

《智度論》的結論是：對智慧的追求，「應依法，不依人；應依義，不依語；應依智，不依識；應依了義經，不依未了義經。」

所以中國禪宗有：「不立文字，以心傳心，見性成佛」的說法。禪師認為，任何語言、文字，只是人為的枷鎖，它不僅是有限的、片面的、僵死的、外在的東西，不能使人去真正把握那真實的本體，而且正是由於執著於這種思辨、認識，語言反而束縛了、並阻礙了人們去把握真相。

西方哲學家說：「使存在發生混亂的明顯情景，是語言。」明知語言會妨礙視聽，但我們在日常生活中又不能離開語言文字，所以在對語言文字的理解與使用上，我們就必須更為小心與用心。因此，禪師才有「得魚忘筌」、「得意忘言」的公案；才有「說似一物即不中」的教示；而西方哲學家也才有：「人類一思考，上帝就發笑」的警句。

古人說「禍從口出」，不幸的是，我們所生活的這個時代，正是傳播最為活躍的時代，每天我們都要接受來自四面八方，如排山倒海迎面而來的訊息。這些訊息有來自語言、來自文字與各種影像及符號圖騰。它們透過各種無所不在的媒體或載具，如影隨形地左右我們的言行，形塑我們對世界的認知。這個由媒體所形塑出來的每個人的認知世界，究竟與真實的世界落差有多大，恐怕沒有一個人能說得清，可是卻有不少人將自己被形塑出來的「認知世界」和客觀的「真實世界」畫上等號。

由於每個人的生長背景不一樣，教育過程不一樣，接觸媒體程度與所經常接觸的媒體屬性也不一樣，所以各自形成的認知世界也就不相同，甚至有時是南轅北轍，這就是為什麼人與人之間、群族與群族之間、國家與國家之間會有歧見；也是雙方對立、衝突的徵結所在，更是社會所以混亂，世界所以不安的問題緣由。

自上世紀以來，自由、民主變成了普世價值，尤其言論與新聞自由，已成為衡量一個國家民主化程度的指標。為了提升民主化形象，許多國家不得不對媒體作出較多的容忍與保護。其結果，如果新聞媒體不能自律，而國家的行政機關不能管理，司法機關又不敢管，言論自由或新聞自由就會被濫用、誤用，甚或被有心人利用，媒體就會成為社會的亂源與禍源。

以媒體而言，為了增加閱報率或收視率，新聞報導與節目內容，都極盡討好觀眾或讀者之能事，八卦消息充斥，掀人隱私、以訛傳訛，誇大渲染，言人之惡，用字粗俗，遣詞淫穢，煽色腥當道，顛覆傳統，錯亂價值，讓社會失去價值軸心，讓民眾失去思辨能力，尤其當政治的目的與媒體的經營，緊密結合在一起的時候，就是政治開始混濁的時候；當老百姓只認顏色，而不論是非的時候，就是社會公理與正義開始瓦解的時候；一旦用以維繫社會和諧的公理與正義瓦解了，社會豈能不亂？

社會潮流既已如此，要想維持一個清新的頭腦與純淨的心靈實在不易。唯有強化個人對媒體的認知與素養，深入了解語言文字的虛幻性與不確定性，時時提醒自己，作個不受人惑的人，不聞聲起舞，不被媒體牽著鼻子走。同時，也應慎選媒體，拒絕煽色腥，明辨媒體內容與言論的真偽與善惡，才能讓身陷滾滾傳播濁流中的我們，保持耳目的清明與心靈的寧靜。

小事也能釀成禍端

下面這則故事，也許是虛構，也許是真實，也許是虛構中有真實，真實中有虛構，但無論如何，都值得我們再三玩味與省思。

這則故事是這樣的：

當保羅走到樓梯間時，忽然覺得左耳一陣微癢。回到家，他告訴妻子這件事。妻子非要他去看醫師不可，理由是：「人們往往因為不夠謹慎小心，而釀成大禍。」

於是保羅遵照妻子的意思去看醫師，醫師仔細看了保羅的耳朵，並問了一堆問題，花了大約半小時的時間，才抬起頭來對保羅說：「你服用六顆青黴素藥片，很快就可以消除你的症狀。」

保羅依醫師的吩咐，吞下了藥片。兩天後，耳朵不癢了，但腹部卻起了一些紅斑，而且奇癢無比。

保羅馬上找了一位專家診斷，這位專家只看了一眼就說：「有些人不適合服用青黴素，因此服用後會有過敏反應，但別擔心，你服用我開的十二粒金黴素，幾天後一切都會恢復正常。」

果然，金黴素獲得了預期的療效，但也產生了副作用，保羅的膝蓋浮腫了，而且高燒不退，於是他踉蹌地拖著身體去看一位資深的大夫。

大夫說：「我對這種現象並不陌生。」

他安慰保羅說：「這種現象往往與金黴素的療效有密切相關。」於是他開給保羅一張三十二粒土黴素的藥方，要保羅按時服用。奇蹟發生了，保羅高燒退了，膝蓋的浮腫也消了，不過他的腎臟出現了致命的疼痛，以致於不得不住進醫院治療。

專家來到保羅的病床，詢問了病史，查看了症狀，並診斷出保羅致命的疼痛是服用了土黴素的結果，叫他千萬不能掉以輕心。於是一名護士給保羅打了六十二針的鏈黴素，期望將他體內的細菌全部消滅乾淨。

事後經過多項檢查，都證明保羅體內的微生物都不復存在了，但他的肌肉和神經也遭到同樣的命運，只有使用大劑量的氯黴素才能挽救保羅的生命。

於是保羅服下了大劑量的氯黴素……，不久之後，一場葬禮在莊嚴的氣氛中舉行了，敬仰保羅為人的人，以及保羅的親戚好友都來參加葬禮。

牧師在感人的悼詞中，敍述了保羅與疾病英勇的鬥爭過程，可惜，最後仍然醫藥無效，保羅最終英年早逝，令人遺憾與惋惜。

只是到了陰間，保羅才想起來，他左耳微癢，只是由一隻蚊子叮咬引起的。一隻蚊子叮咬引起的微癢，最後竟然醞釀成喪命之憾。這是保羅及其妻子始料未及的。

我們不知道世界上究竟有多少始料未及的事正在發生，有許多人因過分小心，小題大作，結果剪不斷理還亂，小事演變成大事，大事演變成憾事；也有許多人因粗心大意，草率從事，因此顧此失彼，最終人我俱傷，事理全毀；亦有許多人因過於樂觀，大題小作，結果不能見微知著，釀成禍端；更有許多人因囿於自知，妄下結論，以一偏之見，弄得玉石俱焚，這時我們才恍然大悟，原來芝麻小事，也可以醞釀成滔天巨禍。

上述保羅的故事，不就可以讓人心生警惕嗎？

或許有人會認為，這樣的故事太過不可思議，或許目的只是為了諷刺醫師，頭痛醫頭，腳痛醫腳，對病情只知其一，不知其二，率爾下藥的庸行，類似的故事應不致發生在我們的現實生活中。其實類似這樣的故事，不是不可能發生在我們現實生活中，而且還可能俯首可得，比比皆是。

日常生活中有多少人只因一點點芝麻小事，擴大成滔天事端；只因小孩玩耍時的小小爭吵，演變成兩個家庭的惡言相向；只因一方無心之言，演變成兩方的深仇大恨。簡單的事情，不能用簡單的方法處理，就會治絲益棼，埋下禍端。

生活是一本不斷增加篇幅的大書，有人讀完它，變得聰明絕頂；有人讀完它，變得愚昧無知。

如果我們在閱讀過程中不能恰如其分地選擇與判斷，生活就會變得雜亂無章，不正確的判斷與不明智的選擇，就會變得禍患無窮。凡是對生活中的枝枝節節瑣事斤斤計較的人，就會利令智昏，處處充滿煩惱。表面看起來生活總是默默無聞，其實它時時刻刻都在考驗著我們的判斷與智慧。

氣象學中的「蝴蝶效應」讓人印象深刻，它主要在告訴我們，小小氣流也可能成為大風暴。而上述保羅的遭遇，主要在告訴我們過猶不及的抉擇，無關緊要的瑣事，也可能變成一發不可收拾的災難。

麻木不仁，輕忽延宕的生活態度固然不足取，但事事反應過度，處處負面思考，終究還是鑽入牛角尖，走進死胡同，傷己而不利人；這兩個生活中的極端態度都不足為訓。

對很多不可臆測的事情，我們雖然無法掌控，但至少可以做最明智的抉擇與判斷，命運總是掌握在自己的抉擇與判斷上，誰都不想當保羅第二吧！

誰會和魔鬼訂誓約？

人世間最怕兩種人：一種是極端冷漠的人；一種是極端狂熱的人。其實，這兩種人，看似為二，實是為一，本質上是一種人。換句話說：極端冷漠的人，其實就是極端狂熱的人；而極端狂熱的人，其實就是極端冷漠的人。

因為，冷漠的極至就是狂熱；狂熱的極至也是冷漠。

或許有人對這樣的說法會感到迷惑，因為從生活的常識與一般的知識來說，這樣的說法是相當矛盾的，但從細膩的邏輯思考來說，這種說法應該是無懈可擊的。

極端冷漠與極端狂熱，都是一種態度，一種狀態，一種偏執。所以本質上是殊途同歸，形態上是一體兩面。就以極端冷漠來說，它更確切的說法應該是「極端狂熱於冷漠」，所以本質上它是極端狂熱的。而極端狂熱的更正確說法是「極端冷漠於它所狂熱之外的事物」，所以它的本質是極端冷漠的。

就像極端大與極端小的本質一樣，所謂「至大無外」，「至小無內」。「至大無外」，意思就是大到沒有邊界了，既然沒有邊界，就沒有內外可言了，就形成無窮無盡的無限了；而所謂「至小無內」，意思就是小到沒有內在的形質了，既然沒有內在的形質，同樣的也就沒有內外可言了，也就成了無窮無盡的無限了，至大就等於至小，至小也就等於至大，沒有小大之分了。

所以冷漠與狂熱兩個極端，其結果是趨於一個同樣屬性的極端，然而之所以會給人以兩極的感覺，是因為人類的思維方式常受無所不在，而且主觀意識極強的「分別心」所左右的緣故。

有了分別心，就會有對錯、好壞、美醜、親疏、人我、內外、上下、左右、大小等對立面的出現，有對立兩面的分別，就開始有比較、計較，開始有爭奪、衝突，開始有冷漠、疏離、熱情、狂熱等狀態的產生，人類個體與個體之間只要有了這種斤斤計較，永不妥協的分別心，整體社會的和諧就開始被撼動，被撕裂了，原本相安無事的人類社會也就開始永無寧日了。

可惜人類總是看到個體的一面，對立的一面，分別的一面，而沒有看到整體的一面，平等的一面，依存的一面，因此才會有太多的喜怒哀樂，太多的你爭我奪，太多的愛恨情仇，太多的衝突與鬥爭。

如果人類的視野能站得更高一點，思想能更開闊，更明澈一點，少看個體的一面，多看整體的一面；少看對立的一面，多看依存的一面；少看分別的一面，多看平等的一面，那麼人類就會有比較多的相互扶持，比較多的榮辱與共，比較多的和諧共存。就如一個人如果總站在門內，就會覺得這個房子就是世界的全部，但如果能站到門外，就會突然發現，原來房子也只不過是世界非常微不足道的部分，人我之辨與大小之分，就再也不是那麼重要了。

和諧共榮是大自然的法則，過猶不及也是大自然的法則，和諧是一種有序的狀態，是一種互補的狀態，是一種平衡的狀態。大自然之所以能夠存在，是由於它能夠不斷自我調整、自我修復、自我互補，使存在處於一種和諧的狀態之中，一旦和諧的狀態破壞了，大自然的災難就緊跟著而來了。

大自然的法則如此，人世間的法則亦復如此。研究人類歷史的人都知道，無論古今中外，任何一個朝代的起落興衰，跟那個朝代的社會是否包容和諧息息相關。

一個和諧的社會，必然造就民豐物阜的盛世，而一個生民塗炭的亂世，必然源於社會的動盪不安與人心的不和不調。

人世間需要有序與和諧，正如大自然需要有序與和諧一樣。大自然只要有一個環節失去和諧與平衡，地球就會產生巨大的災難與不安。例如被稱為西半球最貧窮的國家海地，因為發生百年罕見的強烈地震，為海地帶來極大的災難，從媒體的報導上，我們看到海地首都太子港經過強震之後，一片斷垣殘壁，屋毀人亡，屍體橫陳，哀鴻遍地，失去親人的悲慟，災後餘生的驚恐，令人不捨，讓人鼻酸，這是因為地、水、火、風四大不調帶來的災難。

事實上，海地確實是一個多災多難的國家，短短的數年間，經歷了颶風的侵襲與洪水的肆虐，更經歷長期貧窮與嚴重飢荒的衝擊，讓原本民不聊生的這個島國生存處境更形艱辛。

正當全球發起救援海地的同時，卻有媒體報導：美國著名電視傳道牧師羅伯森，不但沒有呼籲教徒趕快援助海地災民，反而落井下石說：「海地發生強震是咎由自取，因為這個國家早在建國時，就與魔鬼訂了誓約。」

看了這則新聞，讓人感慨萬千，就是有這樣極端的言論與偏執，人類的災難才更雪上加霜。

人類面對大自然的災難已經窮於應付了，少數偏執人士言行所造成的心靈土石流更讓受苦的人無語問蒼天。沒有人會願意和魔鬼訂下誓約，只有心存極端偏執的人才會。

大自然與人類社會都需要和諧，我們不希望大自然有極端的震盪與異變，也不希望人類社會有極端的言行與偏執。人類社會是相依相繫的；自然法則是共存共榮的，極端會產生震盪，失衡會破壞和諧。萬里長城是從一塊磚頭的累積開始；洪水潰堤也是從一塊沙土的崩解開始，一言可以興邦，一言也可以喪邦，個人雖微，言行不能不慎！

一切取決於我們的看法

讀《沉思錄》（The Meditations）就像和一位一千八百多年前的哲人聊天一樣，如沐春風，如薰法香。

馬克斯．奧勒留．安東耐諾斯（Marcous Aurellus Antoninus）是《沉思錄》的作者，這位作者的身分很特殊，他既是羅馬帝國的皇帝，又是醉心於探索宇宙真象的哲學家，這本《沉思錄》是他無心插柳柳成蔭的作品。也就是說，這本書並不是他刻意為出版而寫的書，只是他將每日所思所感，所見所聞的點點滴滴。就像我們每天的記事本或備忘錄，將每天自我惕勵的隻語片段，隨感偶得記錄下來，用以自我省思、自我提醒、自我鞭策一樣。這些日記式、隨感式的稿本被他的女婿與好友保藏起來並公諸於世，一千八百多年後的今天，我們得以有緣能閱讀這本充滿自省、自律、樸素無華的智慧佳作，實是吾人之幸。

對於這樣一本異於思想體系與結構完整的書，有些人讀了會覺得全書章節支離破碎，沒有一個有力的軸線貫穿，也沒有任何粉妝修飾，沒有華麗的詞藻，沒有譁眾的語句，有的只是反覆的叮嚀，與不休的嘮叨而感到乏味。

但也有些人則認為，這並無損於這本書的應有價值，因為如果我們把它看成是和我們內心深處的真誠對話，是一種靈魂底層的坦誠吶喊，或是把它當作是：我們正在聆聽一位一千八百多歲老人的娓娓告白與對我們的殷殷叮嚀、忠告，一種沁人心脾，豁人耳目的感覺就會油然而生，這就已經收穫盈筐、價值連城了。

馬克思．奧勒留生在羅馬帝國開始衰微之際，面對世局的不安，以及對爾虞我詐的政治感到厭惡，身為皇帝即使有千般的不願與無奈，但人在宮廷，身不由己，高處不勝寒的同時，也只能發洩於私自的隨感隨寫，寄情於對宇宙自然人世哲學的探討和思索。

他在《沉思錄》中說：

世界的「動因」，像一股激流，能挾一切已俱去。那些忙著政治而自命為哲學家的可憐蟲，是多麼讓人不齒啊！

這段話包含著兩層意義：一是他認為整個宇宙是永無止境在變動著，而讓這個宇宙世界變動不止的，必有一個「動因」，這個「動因」就是自然法則源頭，而宇宙世界的永無止境變遷，就像一股激流一樣，挾著一切事物，一去不返。

第二層的意義是，他對那些忙著爭權奪利，視權利與地位如生命的政客們感到悲哀，因為他們不能覺察到世事的無常，不能覺悟到功名與利祿都是虛幻，權力與地位如夢幻泡影，他們浪費太多的生命在夢幻泡影中，糟蹋太多的純潔靈魂在勾心鬥角上，不僅不值，也讓人不齒。

這位羅馬帝國的皇帝，表面上看起來似乎享盡榮華富貴，事實上內心的煎熬或許難以對外人道。他說：

即使身處宮廷之中，人生依然能夠獲得幸福。

這是他說過的最悲傷的一句話。依常理，身處宮廷之中，又為萬民之王，集權力與富貴於一身，人生如此，夫復何求？但他卻說出這樣的話，可見他內心的無奈與掙扎。

「轉念」是他的思想核心之一，他認為痛苦與快樂就在一念之間。所以他說：

一切事物，取決於我們的看法。

又說：

使你困擾的，不是那件事物的本身，而是你對那件事物的判斷。

也由於他有這樣的認知，因此他進一步地說：「煩憂皆由內心而起，而世界瞬息萬變。」又說：「剷除我是受害者的觀念，受傷害的感覺立刻消失。」

他的這種認知與說法像極了六祖惠能禪師所說的：「本來無一物，何處惹塵埃」的頓悟。煩憂本來是空幻的，只因為內心的起心動念而有了煩憂。更何況世界瞬息萬變，煩憂也不能永遠常住，為什麼一定要把空幻的煩憂，牢牢地壓在內心而放不下？

奧勒留甚至認為：

長壽與夭折的人，所失去的事一樣多，因為一個人所能被剝奪的只有「現在」。事實上，也只有「現在」是他所擁有的，而他沒有的東西，當然也就不會失掉。

他之所以這樣說，是因為他認為：

人的生命只是目前這麼一段時間，其餘的，不是已經逝去的過去，就是可能永遠不會到來的未來。

在《沉思錄》中，奧勒留不斷自勉要作一個生命的鬥士，他認為真正的生命鬥士是：

不受享樂沾汙；不受一切苦痛傷害；一切侮辱加不到身上；一切罪惡都能夠抵抗，真乃最崇高的比賽中之鬥士，永不被任何情感所制伏。

讀完《沉思錄》不禁讓我想起佛教經典裡常說的：「心如工畫師，能畫種種色。」又說：「一切唯心造。」兩者之間確有異曲同工之妙。真理是古今皆然的，如果我們能夠把整個宇宙納入心中，把永恆的時間收進識界，深刻體悟到各種事物無時無刻，無不在急劇變化，而我們每一個人的生命，從出生到死亡的這段時間，比起生前時間之浩瀚無涯，與死後歲月之無邊無際，那麼我們的人生又何其短促？

想通了，洞澈了，我們就會幡然悔悟：「煩惱」都是自尋，苦痛都是自造，人生那有過不去的苦？

一切事物都取決於我們自己的看法，沒有人能讓我們悲苦，除非我們讓自己悲苦，只要正向的心念一轉，生命頓時變得寶貴，人生也頓時倍覺燦爛了。

小草的故事

我曾經聽到這麼一個故事，心中感慨良多。故事的大意是：一位到德國留學的中國學生，在太陽高照的日子，想曬曬自己的棉被，因為一時找不到繩子或曬衣的架子，就在門前的草坪上，將棉被攤開，曬了起來。

不久之後，有兩個警察找上門了，他們問這個曬棉被的留學生說：「草坪上的棉被是你曬的嗎？」留學生據實回答說：「是的。」兩位警察聽了後，拿起皮尺，測量了棉被覆蓋草坪的面積，然後拿出計算機算了一下，並開出罰單交給留學生說：「請接受五歐元的罰款。」

「為什麼？」留學生詫異地問。

警察很耐心也很禮貌地跟他說：「因為小草也有曬太陽的權利，而你破壞了小草正常的光合作用。請你看看住宿須知，上面清清楚楚規定：為了保護小草，任何人不能在草坪上晾曬衣物。」

從這個故事中，我們才知道什麼才是真正的尊重大自然？什麼才是真正的愛護生命、保護生命？其實尊重大自然就是尊重自己；愛護小草的生命就是愛護自己的生命。小草日以繼夜進行光合作用，產生人類賴以維生的氧氣，而吸收了人類排放出來的二氧化碳。所以保護花草樹木就等於保護我們的衣食父母，就等於保護自己。整個大自然，不論動物界、植物界或礦物界都是一個生命共同體，誰也不能傷害誰，誰也不能離開誰。人固然有曬太陽的權利，小草也有曬太陽的權利。其實，人曬太陽的權利和小草曬太陽的權利，在正常情況下，本來並不衝突，只因人總是以犧牲萬物的生存，來滿足自己的欲求；以犧牲物界的權利來滿足自己的權利。這樣的作為表面看起來，予取予求，固然可以圖一時之快，滿足一己之私，但實際的真相是：人賴以維生的資糧愈來愈減損，生存的環境愈來愈惡化，

圖一時之快的結果，換來的卻是無窮的禍患。所謂「機關算盡，反誤了卿卿的性命。」自詡為「萬物之靈」的人類，難道還看不出問題的真相，還要無所顧忌，為所欲為嗎？

同樣的，還有這麼一個故事：

一位移居奧地利的商人，想在自家寓所庭院的草地上安裝幾盞景觀燈，就向當地的社區環保管理單位提出申請。過了幾天，社區環保管理主管單位派了兩位管理員來到他家，並拿著光線測量器，從各種不同的角度和方位，不斷地來回測試，並記錄各種角度太陽光照強弱的數據。

最後管理員對這位商人說：「根據我們的測試，你的草坪白天所接受的太陽光照已經足夠滿足小草光照的需要，用不著夜間再裝置燈光補充，所以您的申請礙難批准。再說，我們也沒有權利答應您這種非理性耗用能源的要求。」

兩位管理員還告訴這位商人說：「在奧地利，除了政府部門所指定的景觀草坪和花園能夠安裝燈柱外，其餘的草坪和花園一律不許安裝。小草在夜間最需要黑暗，如果裝置了燈光，會使小草的生長規律發生紊亂，連小蟲都不太願意鳴叫了。」

「即使那些被政府批准而裝置的景觀燈，到了晚上十點也會全部自動關閉，這不僅是為節約能源的理由，最重要的是：誰也不能剝奪或破壞這些草木或夜行動物的生存規律。」

多麼感人的故事啊！多麼幸福的小草啊！站在宇宙的高度看，小草有曬太陽的權利，也有不受燈光干擾的權利。這種萬物都有生存的權利是上天所賦與的，任何人都不能剝奪，即使是你家庭院裡的小草，也不能。或許有人會說：

「可是人也有追求幸福，也有不受干擾的權利啊！」沒錯，追求幸福，不受干擾也是人類的基本權利，但我們還是要說，一個人在追求幸福享受的過程，不能以其他物種的生命做為犧牲，不應以剝奪萬物生存規律的權利作為祭品。裝置景觀燈，對人來說，無關生存，或許充其量只不過是為了滿足人的虛榮心，滿足人的一種感官享受，是項可有可無的奢侈。但對花草樹木來說，那是事關生存、事關地球生態和諧與平衡的嚴肅問題。

「萬物與我共生，天地與我合一」，這是老莊哲學的主軸。面對日益惡化的生存環境，如何突破重圍，人類著實要靠智慧，也要靠慈悲。以當前我們所處的環境來說，人類需要慈悲，比需要智慧來得重要。現在的人就是因為腦袋裡有太多「以人為本」的知識，太少「民胞物與」的慈悲心，所以才會有「破壞有理，享受無罪」的無知與作為，才會有「天地為我有，萬物為我用」的狂妄與貪念。

正因為人類的慈悲心太少，所以不能從一草一木中得到萬物共存共榮的啟發；也正因為偏見的知識太多，人類才不易從一花一葉上體現，與萬物同苦共悲的情懷。

說實在的，我們非常不願意承認「外國的月亮比較圓」這個說法，但是有時我們也不得不承認外國的月亮確實比較圓的事實。至少，像上述歐洲幸福的小草就是這樣認為。

「吃水果，拜樹頭」

跟一些朋友聊天，大家都有一個共同的感覺，那就是我們的社會似乎逐漸失去了台灣先民曾經擁有過的那顆最可貴的心，那就是「感恩心」。

「感恩」不是口號，更不是口頭禪，而是發自內心的一種親善的行動。台灣過去有一句諺語：「吃水果，要拜樹頭。」意思就是要我們不僅要有感恩的心，也要有感恩的行動。一個有感恩之心的人，才懂得飲水思源、才懂得謙恭自持、才懂得彼此尊重、才懂得相互關懷、才懂得付出助人、才懂得與人為善。如果人人能時時心懷感恩，時時善解包容，社會當然就會繁盛祥和，家家當然就會安和樂利。

可惜我們的社會再也不說「吃水果，要拜樹頭」了，我們的社會現在處處劍拔弩張，處處利益對峙。政治掛帥，功利第一的結果，藍綠對立升高了，族群衝突尖銳了，人際疏離嚴重了，倫常親情不再了，社會秩序正在崩解，民心士氣正在渙散，傳統的價值觀念也搖搖欲墜，一股山雨欲來風滿樓的氣壓似乎呼之欲出，孰令致之？無他，缺乏感恩心而已矣！

由於我們的社會逐漸喪失感恩的心，所以許多人總會認為自己的匱乏，是由於別人的虧待；自己的擁有，是由於自己應得的報償。說得更明確一點，一個缺乏感恩心的人，容易憤世嫉俗，怨天尤人；容易貢高我慢，蔑視別人；容易待人冷漠，缺乏熱情；容易你爭我奪，唯利是圖。

記得曾經在《讀者文摘》上刊登過這麼一則故事：那是發生在洛杉磯的一家旅館裡，三個黑人小孩，每天早晨都在餐桌上埋首書寫感恩的信。這是他們每天必做的功課。由於他們年紀還小，表達出來的感恩之情，不是什麼大恩大德的事，而是些他們在生活中所知、所見、所聞的日常瑣事，即便如此，看了這些信，都讓我們感動不已。

因為年紀小，大兒子在紙上寫了八、九行字，妹妹寫了五、六行字，最小的弟弟才只寫了二、三行字。仔細看他們寫的內容，無非是：「路邊的野花真漂亮，感恩大自然的賜予。」「昨天吃的披薩很香，感恩老闆的用心。」「昨天晚上媽媽給我講了一個很好聽的故事，感恩媽媽的愛。」「這次考試得了滿分，感恩老師的教導。」「小鳥在樹上吱吱地叫，感恩牠們唱歌給我聽。」「小草又發芽了，感恩春天又來了。」

諸如此類的話。在他們心目中，似乎任何一個人，任何一件事，任何草木花鳥，游魚走獸，都是他們的感恩對象。

有了這樣的感恩心，當然就能成為善良的孩子，這三位黑人小孩的媽媽要求他們每天寫一封感恩的信，並不是要孩子向她表達感恩之情，而是要他們記錄下小小心靈中感覺幸福的點點滴滴，希望他們從日常生活中，培養出對每一件美好事物的讚美，對每一個認識或不認識的人心存感恩。

感恩父母辛勞工作，感恩同學熱情幫忙，感恩兄弟姐妹相互理解，感恩春花秋月，感恩夏風冬雪，感恩物換星移，感恩夕陽西下，感恩旭日東升，感恩每一個人，每一天，感恩順境，也感恩逆境。他們對許多我們認為「理所當然」的事，都懷著一顆「得之不易」的珍惜，懷著一顆謙和善意的「感恩」。

從小培養出孩子的「感恩心」，就是父母送給孩子最大的禮物，也是孩子從父母那裡所能得到的最大資產。反觀我們的社會，朝野上下，鼓吹的不是感恩的心，而是猜忌的心；所建立的不是正向的思維，而是負面的思維。父母教孩子「不要相信別人」，師長教孩子「只要喜歡有什麼不可以」，媒體教社會大眾「為自己的權益而爭」，於是孩子對一切事物不是心存猜忌，就是認為「理所當然」；父母養育他們，是理所當然；師長教導他們，是理所當然；有一碗飯吃，是理所當然；有一件衣服穿，是理所當然；有一棟房子住，是理所當然；有一部車子開，是理所當然；馬路兩旁百花盛開，是理所當然；廣袤夜空，星光閃爍，是理所當然；生活平順，無災無難，是理所當然；心無煩惱，身無病痛，是理所當然……。他們不知道，也沒有被教導知道，他們所擁有的一切，他們眼中所謂「理所當然」的事物，是多少人耗盡心血的恩賜，是多少大自然眾善和合，得來不易的給與。

有一位哲學家說：「上帝給每人一個杯子，你從裡面飲入生活，品嘗人生。」上帝給人的杯子都是一樣的，而我們每一個人所飲入的生活，卻是千差萬別。是什麼造成千差萬別的生活？是什麼產生千奇百怪的人生？是我們的價值觀，是我們的生活態度，是我們內心深處是否充滿感恩的心。「想飲入什麼樣的生活，想品嘗什麼樣的人生，決定權在你，而不在杯子。」只要將「感恩的心」注入日常生活中，溶入內心深處裡，人生就變得五彩繽紛，社會就變得和諧溫馨，台灣要想力挽「衝突有理，抗爭無罪」的風暴陰霾，倡導彼此「感恩」的人文，培養孩子擁有一顆「感恩的心」，應是當務之急吧！

行動是最有力的語言

一隻小豬對天神說：「請您收我為門徒好嗎？」

天神說：「好啊！你從現在開始就是神的門徒了。」

小豬聽了很高興，也很得意，他終於可以成為「神的門徒」了。

就在這個時候，剛好有一頭小牛從泥沼裡爬出來，全身髒兮兮的，需要有人幫忙洗刷乾淨。

於是天神對小豬說：「你去幫他清洗乾淨吧！」

小豬說：「我是神的門徒啊，我怎能去侍候一隻全身髒兮兮的小牛呢？」

天神很嚴肅地對小豬說：「你不去侍候別人，不去幫助需要幫助的人，別人怎麼知道你是『神的門徒』呢？」

這則寓言的含意很淺顯，就是要告訴我們：想要變成「神的門徒」很簡單，只要真心為別人付出就可以了。

用同樣的邏輯檢討人世間的一切事物，我們會發現其實人世間也充滿著許多矛盾：人們都想從別人那裡贏得好名聲，卻不願意付出對別人的愛與關懷；人們都想在事業裡贏得好成績，卻不願對事業付出更多的心力與努力；人們都想在團體裡贏得眾人的好感與尊敬，卻不願意對團體的每一個人釋出關懷與善意；人們想要得到一身的好本領，卻不願花更多的時間去學習與鍛鍊。

就像寓言中的小豬一樣，小豬不知道「神的門徒」存在何義，以為只要成為「神的門徒」，就能得到別人的敬畏與膜拜。他不知道「神的門徒」之所以能得到人們的敬畏與膜拜，是因為他們能無私無我，不分貴賤，不別美醜，對所有需要幫助的人，一律平等地付出關懷與幫助，所以「神的門徒」的任務就是助人，本質就是慈悲。失去了慈悲，不樂於助人，不能以擁抱蒼生為己任，就再也不是「神的門徒」。說得更淺白一點：能幫助別人的人，才有資格成為「神的門徒」；別人也才會以「神的門徒」看待他。

證嚴法師在《靜思語》裡也曾經說過：「能幫助別人的人，就是菩薩。」

可見菩薩不是被供奉在神桌上的木雕或泥塑。菩薩是活生生的存在，所有能幫助別人，能為別人拔苦予樂的人都是菩薩，所以菩薩不在天上，也不在嘴上，而是在無怨無悔，不忮不求，幫助別人的行動上。因此，要成為菩薩很簡單，只要能幫助別人就可以了。

「莫以善小而不為，莫以惡小而為之。」這是古聖先賢千百年來的殷殷叮嚀。從善的本質看，善不分大小，從惡的本質看，惡亦不分大小。一念善即天堂，一念惡即地獄，這是千真萬確的事。哪怕一句令人開懷的小小話語，即使自已覺得微不足道，卻能讓人像上了天堂那樣快樂，就是大善；反過來說：

哪怕是一句無心的惡言，讓人像掉進地獄那樣難過，就是大惡。幾乎大部分的人都同意「行善之心，人皆有之」，而俗話所說的「積善之家，必有餘慶」大家也都耳熟能詳，儘管如此，許多人還是不肯行善。其實，他們不是不能行善，而是不願行善；不是不願行善，而是認為有些善太小了，他們不屑為之或無意為之；而有些善又太大了，他們又認為無力為之，不能為之，於是小善不屑為，大善不敢為，行善對他們來說，就永遠僅止於認知層面，僅止於說說而已。所以證嚴法師常常教誨弟子說：

「行孝、行善不能等」、「做就對了」事實上，好事稍縱即逝，稍有躊躇，成就善行的因緣就錯過了。

曾經聽過這麼一個故事：有一位圖書館館長，每天早上八點，總是要親自為圖書館開門，然後對第一批踏進圖書館大門的讀者問候致意，並在對整個圖書館巡視一番後，才回到自己的辦公室。

有同事告訴他：「你是一館之長，有許多重要的事等著你去做，你大可不必做這種開門的小事吧！」

館長卻認真地說：「開門，對一般人來說，的確是件小事，但對圖書館，對讀者來說，卻是每天最重要，也是最有用的大事。」

這位圖書館館長說得一點都沒有錯，打開圖書館的大門，只是舉手之勞，這種事，可說小到連工讀生都可以做，大可不必勞駕館長，但就某種意義來說，它卻是每天不得不為的一件大事。圖書館大門一分鐘不打開，讀者就一分鐘不能進入圖書館，圖書館的功能就一分鐘不能發揮，所以對讀者來說，開門這件事，確是最重要、最有用的大事，何況由館長親自去做，那種給人的感動和激勵，更是非同小可。

行動是詮釋真理最有用的語言，尤其對行善這件事來說，再多的理論與言語，都不如一個簡單的行動來得真切與有力。報章雜誌或電視媒體上，我們常常看到許多各種類型的論壇在各地如火如荼舉行，尤其像關懷、撫慰、人道救援等議題的論壇，參與的學者專家熱烈非凡，會中大家也都侃侃而談，但不管與會者講得多麼頭頭是道，剖析得多麼深刻入理，人道救援或行善這種事，千言萬語或千經萬論，都抵不上一個行動。

難怪哲學家會說：「理論是灰色的，實踐才能歷久長青。」

淑世需要更多的清流

老師問學生：「你怎麼整天愁眉苦臉，悶悶不樂？為什麼不開朗，積極一點呢？要知道，憂愁也是過一天，快樂也是過一天，你為什麼不轉換一下心情，用快樂替代憂愁，開朗替代鬱抑，高高興興地，活活潑潑地過生活呢？」

學生說：「我也很想高高興興，快快樂樂地過生活啊！可是，就是不知道為什麼總是做不到！」

老師拿起一杯清水，對學生說：「這杯清水代表開朗與清澈的心靈，裡頭無汙無染，無憂無慮一點雜質都沒有。」說完後，他從地上抓起一把灰塵放到杯子裡，清水頓時變濁了。然後對學生說：

「現在，這杯水變濁了，表示清澈的心靈，被外來的雜質汙染了，所以變得愁眉苦臉，悶悶不樂了。」

老師停頓了一下，望著學生繼續說：

「現在，你說，你用什麼辦法，可以讓這杯濁水，再度變得清澄如昔呢？」

學生想了想說：「我有兩種方法，可以讓這杯濁水再度清澈起來：一是沉澱法，讓雜質沉澱到水裡；一是過濾法，把雜質從水裡濾掉。」

老師說：「不錯，沉澱法可以把水中的雜質沉澱到水底，這種方法確實可以把那些憂鬱和煩惱的雜質沉澱下來，讓它潛藏到內心深處。這樣，你或許可以把煩惱與憂鬱暫時淡忘。但別忘了，它還是經不起任何外在因素的攪動。只要受到攪動，它又會混濁起來，憂鬱的心情又回來了，仍然沒有徹底清除煩惱。」

「而過濾法，雖然比較可以解決問題，但也存在不少缺點，最常見的缺點是：

濾網雖然能夠擋住雜質，但雜質也容易堵塞濾網，一旦濾網被堵塞了，過濾功能就消失了。何況濾網一旦超過它的承擔與負荷，很容易被撐破。濾網一旦被撐破，汙濁的雜質不僅無法過濾掉，反而會狂瀉而下，一發不可收拾。」

學生問：「那麼，還有什麼解決辦法嗎？」老師說：「有。」於是他拿起了那杯濁水，走到洗手台前，然後打開水龍頭，讓清水注入杯中，水的濁度被稀釋了，等到清水不斷注入，而濁水不斷地從杯中溢出，過了不久，杯中的濁水不見了，取而代之的是一杯淨澈無染的清水了。

「看到沒有？」老師對學生說：「現在杯裡的水變清澈了，而這些源源不斷注入杯中的清水，代表的就是開朗、樂觀、積極的正向活水，只要你有源源不斷正向活水的注入，你就能稀釋你的憂鬱與煩惱，沖淡你的困惑與不解，排除你的消極與沮喪。」

上述故事中的這位老師，確實是一位高明的教育家。他沒有用很高深的道理訓示，也沒有用很迂腐的教條馴服，而是運用啟發式的教學方式，讓學生從簡單譬喻事例中，了解怎樣做才是消除負面情緒的最佳方法。

沉澱法是一種壓抑式的方法，這種方法充其量只能暫時讓負面的情緒沉澱，沒有辦法把負面的雜質去掉，濁水的雜質只是暫時被壓抑下來，外面任何風吹草動，沉澱在杯底的雜質，立刻又會浮到水面，濁水還是濁水，負面的情緒依然是負面情緒，問題並沒有徹底解決。

過濾法是一種攔截式的方法，這種方法可以過濾掉水中較大的雜質，但是對於細微的雜質就難以完全過濾，何況，過濾網一旦被堵塞，過濾的效果就會盡失，沒有辦法達到完全淨化的效果。

稀釋法是一種汰換式的淨化方法，也就是用乾淨清澈的水，不斷注入濁水中，運用清水源源注入的優勢，就可以用清澈取代汙濁；用正向取代負面；用樂觀取代悲觀；用健康取代病態；用積極取代消極；用開朗取代頹廢；用美善取代醜惡。這種清水稀釋濁水，用清流取代濁流的方法，確實是一種最有效、最徹底的淨汙去濁的方法。

但這種方法，先決條件是：必須要有源源不絕的清水注入濁水中，否則稀釋法還是毫無用武之地，淨化的功能還是無法彰顯。其實，稀釋法所產生的淨化的道理很簡單，只要清流的力量足以勝過濁流就可以了。同樣的道理，社會要被濁化也很簡單，只要濁流的汙染力量足以壓制清流就可以了。

社會風氣之所以敗壞，當然就是濁流大過清流的結果。而社會的強大濁流，源自各階層，各方面點點滴滴的匯聚。試想，這些濁流有多少是來自媒體的八卦報導；有多少是來自政治的惡鬥；有多少是來自學者教授的偏執；有多少是來自父母家人的不良示範；又有多少是來自以捍衛人權為號召的社運團體動輒抗爭的誤導。佛教有所謂眾生共業，難道台灣社會風氣的敗壞，果真是台灣民眾的共業嗎？

其實人世間的清與濁、善與惡、美與醜、正與邪總是此消彼長，此長彼消，相互消長的。

所謂「道高一尺，魔高一丈」，就是濁長清消，邪長正消，善良的人心日濁，社會的不良風氣當然就日熾了。但如果「魔高一尺，道高一丈」，那就表示正的力量大過邪的力量；善的力量大過惡的力量；美的力量大過醜的力量。清流的力量抬頭了，濁流的力量就式微了，社會當然就會不期和而和，不期善而善。問題是：如何防微杜漸，獎善懲惡，激濁揚清，讓社會中清流的力量增長，讓各行各業中濁流的力量消減，恐怕朝野都必須各盡其力了。也就是民間必須涵養淑世的情懷，拒絕濁化，力挽狂瀾，而政府也必須發揮道德的勇氣，排除萬難，抗拒壓力，為社會注入源源不絕的清泉活水，讓社會的濁流稀釋消滅，讓點滴的清流匯聚成波濤壯闊的主流，唯有如此才能還給老百姓一個乾淨的社會，讓老百姓過著安寧而沒有恐懼的生活。

典範何價？

讀古人詩詞，有時激動莫名，百感交集，不知道是古人情深呢？還是今人情薄？古代文人凡有登臨，或每凡歷遊勝跡，胸臆中都會有無限的感慨，透過他們的文字修為，把他們胸中的感慨，如潮水般一瀉而下，讓後人即使是事隔千年以後，都能感受到他們那種澎湃的感情，進而跟隨著他們的感情，陷入思古幽情的情緒中。

例如唐朝孟浩然的五言律詩中〈與諸子登峴山〉就曾這樣寫道：

人事有代謝，往來成古今；
江山留勝跡，我輩復登臨。
水落魚梁淺，天寒夢澤深；

羊公碑尚在，讀罷淚沾襟。

面對歷史的長河，感慨人事的代謝，所謂「逝者如斯，不捨晝夜」，不管我們願不願意，也不論我們捨不捨得，時間總是一分一秒地流去，既留不住，也挽不回。時間的一來一往，成了人類所說的「古今」，人事的代代相繼，成了大家所說的「歷史」。

「古今」值得追憶，「歷史」值得緬懷，古人所走過的足跡，所登臨的台榭，都足以讓後人憑弔與留連，給人以一種「念天地之悠悠，獨愴然而淚下」的感傷。

當一千多年前大詩人孟浩然登上坐落於湖北省襄陽縣南的峴山，看見晉朝襄陽百姓，為感念當時鎮守荊襄的羊祜對地方老百姓所作的貢獻，而建立的紀念碑時，那種激動的心情，我們固然無從體會，但是，從「羊公碑尚在，讀罷淚沾襟」的詩句裡，我們仍不難看出孟浩然當時的複雜心情。

根據《晉書．羊祜傳》記載，羊祜鎮荊襄時有德政，把荊襄治理得井井有條，老百姓非常愛戴他，而他也時常登峴山飲酒賦詩。有一次，他曾對同遊峴山的友人慨嘆說：「自有宇宙，便有此山，由來賢者勝士登此遠望如我與卿者多矣，皆煙滅無聞，使人傷悲！」文人的多愁善感，溢於言表。

羊祜死後，襄陽百姓懷念他的恩澤，便在峴山立廟樹碑。後人登遊，睹碑思人，「望其碑者莫不流淚，杜預因名為『墮淚碑』」。見碑能流淚的人，一定有所感，不是懷才不遇，就是有感時艱，有志難伸，要不然就是心中有著那分「前不見古人，後不見來者」的孤獨。總之，心中的委屈、孤寂、無奈、緬懷，百感交集，一時傾瀉而下，才會淚流滿面，不能自已。

又如唐朝詩人駱賓王的〈在獄詠蟬〉的詩文裡，我們也可以體會到他的滿腔熱血與鬱抑冤屈的心緒，無從發洩，於是他借詩明志：

西陸蟬聲唱，南冠客思深。
不堪玄鬢影，來對白頭吟。
露重飛難進，風多響易沉。

無人信高潔，誰為表予心。

秋蟬的鳴叫聲，勾起他的鄉愁。「少小離家老大回」固然悲愴，但總是在暮年之時，還能帶著滿頭的白髮返回故鄉，一圓「老大回」的夢想。但駱賓王不但不能衣錦榮歸，反而宦海生波，身繫囹圄，面對秋天的蕭瑟，秋蟬的哀鳴，此時此景，心中多少不平事，再也按捺不住了，借詩將內心的鬱悶渲洩出來了：「露重飛難進，風多響易沉」，直指客觀惡質的政治環境與小人當道，謅言紛起的晦暗時局，就像秋天露重，阻礙了秋蟬的前進，而秋風颯颯，讓秋蟬的叫聲也低沉了下來，誰又能聽到牠那高亢嘹亮的叫聲呢？所以駱賓王只好感慨地說：「無人信高潔，誰為表予心」，藉秋蟬，況自己，多麼無奈，多麼悲愴啊！

人類最珍貴的資產就是「典範」，所謂「典型在夙昔」，前人不論立德、立言，立功，凡有足為後人式的，就是典範。有「典範」我們就有效法的對象，駱賓王登臨峴山，目睹「羊公碑」，就感動得潸然淚下，這就是「典範」的力量，是社會用以支撐善良風氣的無形支柱。

而構成「典範」的基本要素，就是要有那立足於天地之間的「浩然正氣」，正因為那股「貧賤不能移，富貴不能淫，威武不能屈」的凜然正氣；那股「明是非，知對錯，別善惡，嚴義利」的不媚不諂的道德勇氣，才讓我們有值得學習的對象，有值得形塑的目標。

其實「典範」就是一種價值觀。一個社會崇敬怎樣的典範，就代表著那個社會有怎樣的價值觀，而社會的主流價值觀，又形成了社會的風氣。所以想要社會有好的風氣，就先要有好的價值觀，而好的價值觀又來自社會所共同崇敬的典範。所以「哲人日已遠，典型在夙昔」的「典範力量」亙古不衰，影響深遠，就是不知道台灣的典範在哪裡？台灣的優質社會價值觀在哪裡？

坐看牽牛織女星

杜牧是唐朝的大詩人，他浪漫，但也悲壯。他生值晚唐，盛世已暮，動亂乍起，因此，他對過往的大唐天威有著無限的懷思，對政局日頹，世風日下，也有無限的落寞。他有時借酒消愁，有時又壯志思飛。他的詩，懷古述志，令人興嘆，抒情寫景，令人嚮往，不僅當時的人爭相傳誦，就是千餘年後的今天，我們還是吟詠不斷，品賞不已。

落魄江湖載酒行，楚腰纖細掌中輕。

十年一覺揚州夢，贏得青樓薄倖名。

這是杜牧荒唐的十年，也是意志消沉的十年，是鬱鬱寡歡的十年，也是潦倒落魄的十年。他借酒麻醉自己，又在青樓中沉迷，但揚州夢醒，又有無限的悔恨，悔恨自己的頹廢，悔恨家國盛況不再，悔恨奸佞當道，而自己又無能為力。這是詩人的無奈，也是詩人對社會日漸衰敗的情緒反射。

杜牧另一首千古佳作〈泊秦淮〉：

煙籠寒水月籠沙，夜泊秦淮近酒家，
商女不知亡國恨，隔江猶唱後庭花。

〈玉樹後庭花〉是曲名，是中國南北朝時陳後主與群臣，無視國之將亡，政權欲墜，仍然為歡作樂，歌唱〈玉樹後庭花〉靡靡之音。杜牧所處的年代，朝野暮氣沉沉，社會卻頹靡成風，秦淮河畔，酒家處處，醇酒美女，歌舞笑聲，不絕於耳，「商女不知亡國恨，隔江猶唱後庭花」，詩人發自內心的慨歎，似乎已警覺到唐朝氣數將盡了。

儘管杜牧的詩作千古傳唱，儘管晚唐社會已到了人心浮動的地步，儘管他「抒懷詠志」的詩作，讓人心有戚戚，但我還是喜歡他那首不關時局，無涉政治的〈秋夕〉七言絕句：

銀燭秋光冷畫屏，輕羅小扇撲流螢。

天階夜色涼如水，坐看牽牛織女星。

在秋夜，大地顯得異常寧靜，也只有在寧靜的深夜裡，我們才能反思人性，才能欣賞天地間的大美與人世間的真情。

秋夜本來就極富詩意，本來就容易引人遐思。在萬籟俱寂，繁星閃爍，秋高氣爽的晚上，繡房裡銀白一樣的燭光冷冷地照映在繪有圖畫的屏風上。一位花樣年華的姑娘，拿著輕羅製成的小扇，追撲著飛來飛去的螢火蟲，仰望夜空，遠眺大地，四周幽暗，在夜色朦朧中秋意漸濃了。此時天涼如水，草木俱息，只有閃閃發光的螢火蟲，招朋引伴，在草叢中跳躍飛舞著，一閃一息的光芒，似乎和天上的繁星相互呼應，這時撲螢的伊人，玩興盡了，體態也累了，她坐下來凝視著明亮的牛郎織女星，享受著秋夕的清涼與眾星拱月的美景，憧憬著那牛郎織女堅貞愛情的古老傳説，此情此景，詩意十足，意境高遠，難怪會讓人千古傳誦。

〈秋夕〉這首詩我們固然欣賞它寫景清晰，寫情細膩，有靜態之美，也有動態之趣，但最重要的是詩人將天地人之間的那種自然而然的和諧之美，表達得淋漓盡致，那種幽遠深邃的意境；那種人與大自然渾然結合在一起的景象，讓人有「何似在人間」的感覺，只要吟詠再三，就是一種文詞上的享受；只要心領神會，就是一種意境上的饗宴。

曾幾何時，夜空上的繁星依舊，深秋夜晚仍然天涼如水，可惜「秋夕」的景象與意境已不再，現在許多人再也看不到天上的繁星了，螢火蟲在許多地方也已消聲匿跡了，更談不上「輕羅小扇撲流螢」的樂趣了。

「銀燭秋光」的冷冽，已被燈紅酒綠的燈光取代，「銀燭秋光冷畫屏」的詩意蕩然無存了。現代的人再也不傳述牛郎織女星的傳奇，也不再談論那段淒美纏綿的愛情故事。「光害」就是讓滿天星斗黯然，讓人類的生活品味變得單調與淺薄的罪魁禍首。

詩樣的「秋夕」飽受「光害」的摧殘，迷樣的夜晚，在通明燈火的照射下，不僅讓夜空失色，也讓夜行動物的活動亂了步調，讓各類植物的光合作用亂了秩序，而人類「日出而作，日入而息」的生理機制也變得雜亂無章，包括人類在內的大自然生態受到史無前例的威脅與戕害了，據說，許多夜行動物因此已面臨滅絕的危機了。

讀了杜牧的〈秋夕〉，再讀李白〈憶秦娥〉的懷古詞句，對照今古之情，更有著一股「念天地之悠悠，獨愴然而涙下」的感傷。

簫聲咽，秦娥夢斷秦樓月。
秦樓月，年年柳色，灞橋傷別。
樂游原上清秋節，咸陽古道音塵絕。
音塵絕，西風殘照，漢家陵闕。

李白的這首小令，清幽秀美中，透露出雄奇壯闊的意境，所以王國維在《人間詞話》中譽之為「獨有千古」。讓我們把李白詞句上的靜態意象，化作一幕幕出現在眼前的動感具象：當美人夢斷秦樓，月下簫聲悲咽，橋畔垂柳依依，灞橋淒迷傷別，此時此刻，人因情而感傷，情因景而悲切。

昔日咸陽古道，而今音塵渺寂，西風殘照下的古老漢家陵闕，雄渾依舊，氣勢不再，寂寥之情不禁油然而生。「秦時明月漢時關」的思古幽情，「人事有代謝，往來成古今」的無常慨嘆不斷湧現。如今往昔景物在科技的推波助瀾下，已快速離我們遠去了，我們除了無比惆悵外，也有諸多的無奈，從古詩詞中，我們或許還能找回些簡樸生活的片段，拾回些人與大自然共生的嚮往與記憶。

人類的物質文明固然無法逆轉，但我們仍然可以作必要的調整與修正，讓人與大自然之間能達到更大的和諧與共生，像「輕羅小扇撲流螢」的樂趣，「坐看牽牛織女星」的權利，應該是現代人最起碼、最卑微的要求吧！

懷古

人有記憶，就會有思念，有想像，有懷舊，有感傷，有興嘆，有惆悵，我們不知這是人類的幸或不幸。如果說這是人類的幸，那麼那些記憶，那些感傷，那些惆悵，那些興嘆，又為什麼會為人類引來那麼多的憂愁與煩惱，那麼多的不快與不安；如果說這是人類的不幸，那麼為什麼那些記憶、思念與想像，又能為人類帶來綿綿的情悅與無窮的回甘？

古代文人，每次勝蹟登臨，就會觸景生情，興發思古之幽情，甚至感懷興嘆，愴然淚下。這種「思古幽情」，所思的「古」，雖然時代久遠並非親歷，但透過讀史與想像，人物栩栩如生，事件歷歷在目，有如親臨，此時似乎已將歷史、記憶、想像、覺知與感傷，化為一體，彼此交互作用，分不出是我受到歷史記憶的感染呢？還是想像與傷感感染了歷史的記憶？人就是這麼奇怪的動物，許多人總是活在歷史的記憶裡，也有不少人活在想像的歷史情愫中。

登臨送目，正故國晚秋，天氣初肅。

千里澄江似練，翠峰如簇。

征帆去棹殘陽裡，背西風、酒旗斜矗。

綵舟雲淡，星河鷺起，畫圖難足。

念往昔、繁華競逐，歎門外樓頭，悲恨相續。

千古憑高對此，謾嗟榮辱。

六朝舊事隨水流，但寒煙，衰草凝綠。

至今商女，時時猶唱，後庭遺曲。

這是宋朝文學家、同時也是政治家王安石的〈桂枝香〉詞，王安石身為政治改革者，面對宋朝政治紛爭，積弊難返，心中自有無限感傷。尤其當他登高遠眺，正是京城舊都天氣驟涼的晚秋季節，觸目所及，長江千里如練，山峰似箭穿空，遠行船隻在夕陽中急駛，而酒旗背著西風斜斜矗立飛舞。客途秋恨，此時綵船划過雲水天際，水洲白鷺在銀河映照下飛起，這樣美麗的景象就是用圖畫也難以描繪出來。

此情此景，王安石的感懷湧現了，他記憶中的歷史與歷史中的情愫，夾雜著自己的思緒，在不同的時空交會，所以在看了這美麗的圖像之後，他開始借古抒情了，他藉詞述情說：想當年南朝的貴族們爭相過著奢華的生活，尤其陳後主，當城外將士用命，為捍衛陳朝的政權而激戰時，他卻在宮內沉酣歌酒，尋歡作樂，以致城破國亡，讓人悲憤。數百年後，王安石登上高處，面對六朝陳跡，不禁悲從中來，感嘆政權的無常和國家的興衰。六朝的史跡就像流水般消逝了，如今事過境遷，昔日的繁華，如今在蒼煙瀰漫的枯草叢中，凝成一層碧綠了。緬懷過往的歷史，面對國力日羸的現在，朝野仍然不以偏安一隅而歌舞作樂，因此王安石不禁感嘆地說，這又何嘗不像六朝一樣，那些無知的歌女們還時時唱著〈玉樹後庭花〉呢？

歷史的好處不僅可以讓人記憶，而且可以讓人「興」、讓人「比」，可以讓人從歷史鏡子中，看出政權興衰的原因，也可以從古今對照裡，興起些許的省思和惕勵，這就是歷史的最大作用吧！歷史不是用來記取仇恨的，歷史也不是用來感傷悲嘆的；歷史是用來省思和惕勵的，能從歷史中汲取省思和惕勵，就不會重蹈歷史的悲劇覆轍，這是歷史的正向意義。如果用歷史來記取仇恨，就會製造更多的仇恨，萌生更多的報復與衝突，如此一來，歷史只剩下負面的意義，就會陷入歷史悲劇的輪迴深淵。

更何況歷史終究不是絕對的事實與真相，因為歷史是人寫出來的，既然歷史是由人寫出來的，而人對事件的認知和見解又千差萬別，何況每個朝代，每個政權，每個政治人物，為了美化自己，醜化對手，對歷史的取材和記錄，難免會流於斷章取義，或捏造羅織，或設陷誤導，或扭曲誣衊，或無中生有，或誇大渲染，或隱而不宣，結果歷史就慢慢偏離了真相，歷史就淪為為政權或為權貴服務的工具，真正客觀的事實與真相，反而在眾口鑠金的主觀歷史爭執下被淹沒了。

雖然如此，懷古並不是一件壞事。發思古之幽情，至少在心緒上有不少的移情作用，在處事上有不少的明鑑價值，在為人處事上有不少的惕勵效應，可歌可泣的歷史總是如詩似畫，令人一再回味；可悲可恨的歷史總是讓人扼腕長嘆。

歷史不是絕對的真實，懷古旨在緬懷過去的真實。而所謂「真實」，依學者的看法有「歷史真實」、「心理真實」和「人文真實」。歷史記載的所謂「真實」不盡可信，心理上個人觀感的所謂「真實」充滿著意識型態，當然也會各說各話，而人文的「真實」，是一種心靈的寄託和民族的記憶，雖然不是絕對的真實，但至少是一個社會的靈魂和一個國家的信仰。在人文的真實中，不存在著仇恨，也不存在著對立。在人文的真實中，只存在著反省和惕勵，存在著不讓悲劇重蹈覆轍，不讓錯誤重複輪迴。

「六朝舊事隨水流，但寒煙，衰草凝綠。」名也罷，利也罷，權也罷，勢也罷，到頭來名利一場空，權勢終歸無，荒草孤塚，黃土一抔誰弱又誰強？看透了，想清了，徹悟了，面對名利權勢也才能拿得起，放得下，就不必讓後人「空嗟榮辱」了。

閱讀

清朝有一位名字叫張潮的文學家，他寫了一本叫《幽夢影》的書。這本書文字雖然不多，但當時讀過它的人卻不少，即至現在，談論它的人仍然很多。好書不厭百回讀，儘管物換星移，時空已變，社會已經大不相同，但這本品味人生、注解生命、藝術化生活的書，還是值得我們玩味再三，仔細閱讀。

《幽夢影》之所以能夠歷久彌新，獲得文人雅士的青睞，除了該書妙語如珠，言簡意賅的特色外，精練的短文，藏有不少警句雋語；清新的語法，蘊涵不少妙論禪機。但不管警句也好，雋語也罷；妙論也好，禪機也罷，這些都是作者從生活體驗中萃取而出，從人生的歷程裡提煉而來，從生命的頓悟中昇華而得。

就像《幽夢影》書中所說的：「能讀無字之書，方可得驚人妙句；能會難通之解，方可參最上禪機。」就是因作者是這種能讀無字之書，能會難通之解的人，所以在生活與生命中才能參透最上的禪機。

古人說：「書中自有顏如玉，書中自有黃金屋」，所以「萬般皆下品，唯有讀書高」的論調就出現了。其實「行萬里路，勝讀萬卷書」，宇宙萬象無一不是書，讀懂宇宙萬象這本大書，就能徹悟人生。

《幽夢影》對於讀書，也提出不少深具啟發性的見解：

善讀書者，無之而非書，山水亦書也，棋酒亦書也，花月亦書也；善遊山水者，無之而非山水，書史亦山水也，詩酒亦山水也，花月亦山水也。

沒錯，山水是一本非常賞心悅目的書；棋酒是一本非常細緻豪放的書，花月是本非常秀麗動人的書，無論山水、棋酒、花月、草木，乃至萬物事相，都是一本獨特無雙的書，讀好它們實在不易，非匠心獨運，恐難心領神會。

既然「善讀書者，無之而非書」，當然每一個人也都是一本書，甚至是一本無法再版的名著。《幽夢影》說：

對淵博友，如讀異書；對風雅友，如讀名人詩文；對謹飭友，如讀聖賢經傳；對滑稽友，如閱傳奇小說。

緣起緣滅，人生苦短，才展稚童笑，又見兩鬢霜，數十寒暑，雲煙過眼，許多人在短短一生裡，活得精采絕倫，也有不少人活得頽廢沉淪。不管我們是一本怎麼樣的書，誠如《幽夢影》裡所說的：「人，須求可入詩；物，須求可入畫。」只要能夠活出如詩似畫的大好人生，那就是一本值得吟詠再三的好書。

《幽夢影》又說：

著得一部新書，便是千秋大業；注得一部古書，允為萬世宏功。

許多人都認為寫一本書很難，寫一本曠古名著更難。其實以《幽夢影》作者張潮的觀點，每一個人一出生，就開始寫這本名叫《自己》的書，而這本《自己》的書，究竟是不是一本曠古名著，那就要看我們是不是盡心盡力去開創，去鋪排，去充實了。

我們把別人看成一本書閱讀，別人也會把我們看成一本書，字字句句加以點評。能得一本好書閱讀，固然是一件賞心樂事，而《自己》這一本書，能獲一知音，亦是人生一樂。《幽夢影》說：

天下有一人知己，可以不恨。不獨人也，物亦有之。如菊以淵明為知己，梅以和靖為知己，竹以子猷為知己，蓮以濂溪為知己，桃以避秦人為知己，杏以董奉為知己，石以米顛為知己，荔枝以太真為知己，茶以盧仝、陸羽為知己，香草以靈均為知己，鱸以季鷹為知己，蕉以懷素為知己，瓜以邵平為知己，雞以處宗為知己，鵝以右軍為知己，鼓以禰衡為知己，琵琶以明妃為知己。一與之訂，千秋不移。

沒錯，人生不能沒有知己，能得一知己，可以無憾。但所謂知己，並非專指一人一友。天地萬物，只要能入於心，靈犀相通，就可以成為知己。所以山川水月、花木蟲鳥、棋琴書畫無一不可以成為知己。處處有知己，這樣生命才有慰藉，人生才有情趣，生活才有藝術。

閱人就像閱書，有些人自認閱人無數，卻難辨忠奸；有些人自詡讀書萬卷，卻難獲精髓，之所以如此，和個人的涵養與閱歷不無相關。《幽夢影》云：

少年讀書，如隙中窺月；中年讀書，如庭中望月；老年讀書，如臺上玩月。皆以閱歷之淺深，為所得之淺深耳。

雖然古人常說：「後生可畏。」也常警告我們：「丈夫未可輕年少。」但一個人閱歷的深淺，內涵的有無，情識的濃淡，人情世故的體認，在在都影響著我們對一本書理解與賞析的程度。這就是為什麼，同一本書，年齡不同，閱讀的感受也不同的原因。

秋水外，夕陽邊

絕塞雁行天，東吳鴨嘴船，走詞場三十餘年。
少不如人今老矣，雙白鬢，有誰憐？
官舍冷無烟，江南薄有田，買青山不用青錢。
茅屋數間猶好在，秋水外，夕陽邊。

這是鄭板橋的作品，題目叫作〈思歸〉。「思歸」的意思，就是離家太久了，世事冷暖嘗盡了，是非興亡洞徹了，商場上，宦海裡，風波險惡，不足以寄餘生了，不如辭官歸故里，回家去過著「餘年伴青山，心老看夕陽」的恬靜生活。

嚴格說，鄭板橋是一位失意的官僚，成功的文人。他在詩詞書畫界的名氣，比他在官場上的名氣要來得大。這不是因為他做官不夠認真，服務老百姓不夠熱誠，而是當時的官僚體制和官場環境讓他心灰意冷，讓他覺得與其在宦海裡合汙浮沉，不如回歸鄉下過著耕讀的生活來得單純。所以鄭板橋在當官十年之後，決定「揮揮衣袖，不留下一片雲彩」，毅然告別黑暗的官場，向腐敗的官僚說再見，也才有這首〈思歸〉之作。

古代當官的人起了「思歸」之念，就意味著想要「不如歸去」了，想告老返鄉，回家種田，所以又叫「歸田」。因為古代科舉取士制度，為平民百姓開了一扇當官致仕的大門，農家子弟只要寒窗苦讀，所謂「十年寒窗無人問，一舉成名天下知」，一旦金榜題名了，就能躍上官場，光宗耀祖。因此許多官僚來自農村，農村就是他的老家，如果宦海不得意了，發覺當官非我願了，就會斷然罷官，返鄉耕讀。

現在的公務人員就不同了，現在有所謂「屆退」制度。「屆退」就是屆齡退休之意，年齡到了，鬢白體衰了，鬥志消沉了，舊觀念趕不上新觀念了，心有餘而力不足了，在「長江後浪推前浪，前浪躺在沙灘上」的現實下，只好告別公務生涯，靠著退休金在「秋水外，夕陽邊」，過著孤寂的晚年了。

古代的官僚之所以敢豪情萬丈地大聲說出「不如歸去」，最重要的是，他們大多已經留有退路。他們的退路，就是「歸田」。

現在的官僚就沒有這樣幸運了，大多數的公務人員，既無農地，又無祖產，即使官場失意，受盡委屈，還是要委屈求全，為五斗米折腰，哪裡還敢豪情萬丈地說出：「不如歸去」。因此想要效法古代清官，來時滿懷理想，去時兩袖清風，瀟灑來去從容，恐怕不容易了。

但這對高層官僚就另當別論了。現在的高層官僚中，有不少人還是能「高瞻遠秋水外，夕陽邊矚」，為將來「不如歸去」預留退路。

這樣的高層官員，大多來自兩種領域：一種是來自學界，一種是來自商界。每次內閣改組，我們都會發覺，這兩種人在內閣進進出出。原因是閣員被要求年輕化、高學歷化、形象清新化。於是組閣伊始，考慮的人選不是來自學術界，就是來自企業界。而學術界與企業界人士，也樂得被相中、被網羅。更何況一旦名位在身，大權在握，就能飛上枝頭變鳳凰，不僅突顯自己的才華出眾，也算是功成名就了。

遺憾的是，來自學界或商界的高層官僚，因為預留了退路，心裡總存有「得意，繼續幹；不得意，大不了回到學術界或企業界！」

這種情形說好聽一點，就是「無後顧之憂」，做事可以全力以赴。說難聽一點，就是「想走就走」，動輒言去，難有使命感。甚至有人以反正有退路嘛！你若不滿意，我大不了回到學術界去教書，回到企業界去當董事長，何必看人臉色！於是「有人趕考赴京城，有人罷官歸故里」，閣員們來來去去，學界裡進進出出，不把「當官」當回事了。

民主社會，講究政黨輪替，閣員的消費量變大了，學界與商界人士出仕的機率更頻繁了，「學而優則仕」嘛！「先天下之憂而憂，後天下之樂而樂」不是士大夫安邦牧民的最高理想嗎？所以我們對於勇於任事，敢於奉獻的學優之士與商界專才，能夠挺身為強國富民努力，心生敬意。但對於那些以「猶有退路」的心態，把「當官」作玩票性質演出，把官場當客串表演舞台，我們就不敢苟同了。

但話說回來，如果在官場上真的壯志難伸，真的理想難達，確也不必委曲求全，應該有勇氣向不公不義的官場說不。鄭板橋就是看透官場的黑暗，洞穿了朝廷的無能，才想起孔子所說的：「邦有道，穀；邦無道，穀，恥也」，毅然罷官求去，結束了一場「十年一覺官場夢」。所幸誠如他所說的：

破書猶在架，破氈猶在床；待罪已十年，素餐何久長。
秋雲雁為伴，春雨鶴謀粱；去去好藏拙，滿湖蓴菜香。

也就是有這樣的退路，所以他才能優游自在地回家去從事他最擅長的詩詞書畫的老本行去了。鄭板橋從政時能盡心盡力，堅持自己的政治理想。等到理想破滅了，無能為力了，又能灑脫自在地告別政壇，這種既不患得、又不患失的磊落襟懷，確實讓人敬佩。反觀今日博學之士從政者多，身居要位者眾，就是不知道他們的政治理想如何？政治素養如何？高風節操又如何？

千古高眠話疑塚

對酒當歌，人生幾何？譬如朝露，去日苦多。
慨當以慷，憂思難忘。何以解憂？惟有杜康。
青青子衿，悠悠我心。但為君故，沉吟至今。
呦呦鹿鳴，食野之苹。我有嘉賓，鼓瑟吹笙。
明明如月，何時可掇？憂從中來，不可斷絕。
越陌度阡，枉用相存。契闊談讌，心念舊恩。
月明星稀，烏鵲南飛。繞樹三匝，何枝可依？
山不厭高，海不厭深。周公吐哺，天下歸心。

這是一首多麼誠摯懷憂，清澄真純的動人詩歌，一首抒發以天下蒼生為己任，求才若渴，望治情懷的感人篇章，如果純粹從詩歌的意境來看，那種治平的磊落胸襟實在很難跟「亂世奸雄」的曹操做全面性的聯想。

曹操，在大多數中國人的眼中，是一個猜忌多疑，心狠手辣，刻薄寡恩，專橫霸道，挾天子以令諸侯的奸雄人物，他的負面形象多過正面的形象太多，所以像這樣發自內心深層，憂國憂民，情感豐富的文學作品，很難有人相信它是出自曹操之手，甚至有人會懷疑曹操果真能寫出這樣的詩詞嗎？沒錯，上述的詩歌正是曹操親撰的〈短歌行〉。

有關曹操的記載分兩種：一種是正史的記載，諸如《三國志》中的曹操；一種是稗官野史的描述，諸如《三國演義》中的曹操。

正史用字遣詞嚴謹，考證周詳，所以不輕易鍼砭人物，即使有所點評，也非常謹慎小心。而稗官野史，則依作者主觀意識，單憑個人喜好，繪聲繪影，極盡褒貶之能事，所以歷史人物在他們的筆下，正邪儼然，忠奸分明。同樣的三國風雲人物，在正史與野史的筆下，就有兩種截然不同的形象。

稗官野史往往因作者能放手抒情，文中有血有淚，有情有義，有忠有奸，有懸疑、有弔詭，不論文章可讀性與情節的可想像性，都比正史更具感染力與滲透力，所以論影響力，《三國演義》似乎把《三國志》遠拋在後，曹操的歷史定位，在《三國演義》的口耳相傳下，奸雄形象從此底定。

清朝陳恭尹（一六三一年至一七〇〇年）的《鄴中》詩云：

山河百戰鼎終分，嘆息漳南日暮雲。
亂世奸雄空復爾，一家詞賦最憐君。
銅臺未散吹笙伎，石馬先傳出水文。
七十二墳秋草遍，無人更弔漢將軍。

這首詩的大意是說：曹操生前身經百戰，形成了魏蜀吳三國鼎立，儘管他叱吒風雲一時，但死後墓地荒涼，無人憑弔，令人感慨。被許子將評為「治世之能臣，亂世之奸雄」的曹操，謀略或許能翻雲覆雨，左右世局，但這些都不值一提，倒是他的文學才華令人驚豔，他的詩賦，備受後人喜愛。

據說他死後臣子依他的遺命，將他葬在鄴城西岡之處，同時還命令生前曾在銅雀台上為他表演歌舞的妾伎們，每月初一、十五要在靈帳前吹笙歌舞，這種奢華無道的作法，種下了司馬氏取代曹魏的徵兆。而曹操生性多疑，害怕墳墓被挖，所以命人故布疑陣，修築多處疑塚，增添後人對曹操墓究竟座落何處的神祕性。

對於曹操修築七十二疑塚的傳說，稗官野史的說法是：曹操臥病洛陽期間，偶閱史書「春秋伍子胥鞭屍楚平王」一章，不禁全身悚然，聯想到自己生前諸多殺戮，深怕死後重蹈楚平王覆轍，所以命親信司馬孚在亳州老家修築七十二座假塚，並密築真塚一座，待墓塚修築完成後再將築塚工匠全數殺盡，之後曹操又密詔在鄴城的曹丕到洛陽，伺機殺死司馬孚，這樣曹操墓塚確切地點就無人知曉了。這就是為什麼曹操墓陵千百年來一直讓人撲朔迷離的原因。

二〇〇九年十二月二十七日，中國考古學家宣稱曹操墳在河南省安陽縣安豐鄉西高穴村被挖掘出來了。專家說，從這座東漢古墓出土的刻銘石碑，都在在證明了它就是文獻記載中的「曹操高陵」，一時之間歷史與考古學界議論紛紛，引發了曹操其人、其事與其墓的討論熱潮。

其實，死者已矣，曹操墓塚坐落何處，已無助於後世歷史的演變，更何況根據正史《三國志．魏書武帝紀》，曹操生前主張「喪葬從簡」，曾頒布命令說：「古之葬者，必居瘠薄之地。」要求他的子孫將他葬於荒涼的「西門豹祠西原上」，並明白表示「不封不樹」，墓內也不陪葬「金玉珠寶」，和民間傳說曹操有七十二疑塚有很大的出入。

清康熙年間曾任江陰知縣的陸次雲有〈疑塚〉詩云：

疑塚纍纍漳水頭，如山七十二高丘。
正平只有墳三尺，千古高眠鸚鵡洲。

詩中的「正平」是指三國時的禰衡。據《後漢書．禰衡傳》記載：「衡有才辯，而尚氣剛傲，好矯時慢物。」又說：「操欲見之，而衡素相輕疾，自稱狂病，不肯往。」權傾一時的曹操當然生氣了，於是曹操就召禰衡為鼓史，所謂鼓史就是打鼓的人，但禰衡就是不屈，還借擊鼓屈辱曹操，其結果就是：曹操示意江夏太守黃祖殺了禰衡，死後的禰衡就葬在鸚鵡洲上。

全詩的大意是說：只要做人光明磊落，仰無愧於天，俯無怍於地，死後那怕只有區區三尺墳塚，仍然可以千古高眠，不像曹操要故布疑陣，虛設了七十二座疑塚，防範後人掘墓報復。

曹操墓塚經這次新聞報導確實掀起一陣討論高潮，但高潮之後，勢必又會趨於平靜，只是「文章千古事」、「身後萬世名」，死後的曹操何以會有七十二疑塚傳言，以及何以會落得千古罵名？是眾口鑠金使然乎？是自作自取以致乎？能不讓人警然深思？

「擊鼓催春」茶文化

茶文化在唐宋固然盛極一時，明清亦不遑多讓，時至今日，不管海峽兩岸政治如何紛紛擾擾，但茶文化的加深加廣都無兩樣。

台灣茶文化已儼然成為一種特殊的生活方式，不僅是文人雅士品茗成風，即使是一般的平民百姓，對茶的品嘗亦頗為講究。

在中國大陸，品茶之風也有漸吹漸盛之勢，只要人民所得提升了，老百姓變得有錢了，除基本的溫飽外，老百姓也開始講求生活的品味了。「寒夜客來茶當酒」，固然一樂；「閒來品茗共話舊」何嘗不也是一樂。

最近在報刊雜誌上，曾看到一則「擊鼓催春」的報導，讓我們更體會到古人對茶文化雅緻化的另一面。該則新聞報導的大意是：中國杭州西湖國際茶文化博覽會每年均盛大舉行，在長達三個禮拜的時間內，依序安排了一系列的活動，在「西湖龍井開茶節」的第一個節目，就有「擂鼓激春」這一項，三十六面大鼓在大茶園的翠綠叢中一字排開，十二位鼓手站在大鼓之前，擂鼓激春，催生茶苗。

「擂鼓激春」儀式，是從那一個朝代開始的，我們沒有做過深入研究，不敢亂下斷語，但宋朝名士歐陽修在宋嘉祐三年（公元一〇五八年）給他老友梅堯臣的〈嘗新茶呈聖俞〉敍及：

年窮臘盡春欲動，蟄雷未起驅龍蛇。
夜聞擊鼓滿山谷，千人助叫聲喊呀。
萬木寒痴睡不醒，惟有此樹先萌芽。
乃知此為最靈物，宜其獨得天地之英華。

文中很鮮活地描述了宋朝嘉祐年間建州建安北苑御用茶園開茶儀式的情形。

而梅堯臣也有一首〈宋著作寄鳳茶〉，詩云：

春雷未出地，南土物尚凍。

呼噪助發生，萌穎強抽蕻。

詩中也表達了茶農在春雷未鳴之前，千人群集茶山，鼓噪呼喊，為的就是要驚醒「寒痴睡不醒」的萬木，讓最為靈物的茶樹先萌綠翠，強抽發芽。

也是宋朝詩人的黃庭堅在〈踏莎行〉中亦云：

畫鼓催春，蠻歌走響，雨前一焙誰爭長。

低株摘盡到高株，株株別是閩溪樣。

這是黃庭堅在宋紹聖四年（公元一〇九七年）謫貶黔州所作，詩中生動地反映了黔州茶鄉的摘茶民俗。黃庭堅的詞與歐陽修的詩，在時間上相差了將近四十年，而在地域上也相差了數千里，但「擂鼓激春」的摘茶民俗似無兩樣。這種發自內心對於茶山的恭敬虔誠，用「畫鼓催春，蠻歌走響」的歡愉形式，表達了祈請群山諸茶爭萌抽芽的祝願，這樣的心緒，這樣的意境，這樣的自然唱和，確實可以入詩，也可以入畫。

「畫鼓激春」的開茶儀式，又稱「喊山」。所謂「喊山」就是對著廣衰的茶山鳴鼓呼喊的意思。至於「喊山」的動機和作用，古人曾有兩種不同的看法。比較富於詩情畫意的，就是歐陽修與黃庭堅等文人的「畫鼓激春」的浪漫觀點，他們把茶樹擬人化了，茶樹有靈，它們冬眠不醒，所以人們擊鼓吶喊，用來「喚醒寒痴睡不醒」的萬木；另一種看法則認為採茶時節，採茶男女人數眾多，非有號令，無法一致作息，所以就用鑼鼓做為作息號令，並不是為「激春」而喊山。

例如南宋胡仔的《苕溪漁隱叢話》就曾針對歐陽修「擊鼓喊春」的說法提出異議。他說：「余官於富沙凡三春，備見北苑造茶，但其地暖，才驚蟄，茶芽已長寸許，初無擊鼓喊山之事，永叔與文昌所紀，皆非也。」對「擂鼓催春」的說法持保留態度。又如南宋趙汝礪《北苑別錄》記載：「採茶之法，須是清晨，不可見日。清晨則露未晞，茶芽肥潤。見日則為陽氣所薄，使芽之膏腴內耗，至受水而不鮮明」。因為採茶為了保持它的鮮嫩肥潤，必須在天未明，日未升之前採摘。「故每日常以五更撾鼓，集群夫於鳳凰山（山有打鼓亭）。監採官人給一牌入山，至辰刻復鳴鑼以聚之，恐其逾時貪多務得也。」趙汝礪的說法也呼應了胡仔的觀點。

但堅持「擂鼓催春」的文人雅士，還是舉證歷歷。認為胡仔等人「俱是南宋詩人，世易時移，安知北宋時人龐元英、歐陽修所言之必誣也。」他們更指出明代徐火勃《武夷茶考》記載：「喊山者，每當仲春驚蟄日，縣官詣茶場致祭畢，隸卒鳴金，擊鼓同聲喊日：茶發芽。」另外，較徐火勃更早的元代，當時的人在武夷山就曾建有「喊山台」，而元朝人諳都剌在他所寫的〈喊山台記〉中說：「驚蟄喊山，循彝典也。」

意思就是說每年驚蟄之前的喊山開茶儀式，是遵循著古時已有的典章制度而行的。這些都足以證明，不僅元明兩代有「擂鼓激春」的喊山儀式，而這項儀式，至少可溯到宋代。

其實倡導茶文化的重點，不在於考據茶文化典故的有無，而在於讓茶文化更休閒化，更精緻化，更詩意化，讓茶文化的人文意義更加突顯，讓茶文化的經濟價值更加提升，中國大陸「擂鼓激春」茶文化的提倡，或許值得我們借鏡。

社會關懷

破除冷漠，釋放關懷

《莊子．外物篇》記載了這麼一則故事：

莊周家貧，故往貸粟於監河侯。監河侯曰：「諾，我將得邑金，將貸子三百金，可乎？」莊子忿然作色曰：「周昨來，有中道而呼者。周顧視車轍中，有鮒魚焉。周問之曰：『鮒魚來！子何為者邪？』對曰：『我，東海之波臣也。君豈有斗升之水而活我哉？』周曰：『諾，我且南遊吳、越之王，激西江之水而迎子，可乎？』鮒魚忿然作色曰：『吾失我常與，我無所處。吾得斗升之水然活耳，君乃言此，曾不如早索我於枯魚之肆！』」

這段寓言寫得相當有趣、相當鮮活，也相當引人深思。由於它是文言文，現代的人要看懂它實在不易，如果我們將它翻成白話文，大家就懂得莊子想要表達的微言大義了。這則寓言的大意是：莊子家裡很窮，因此去向監河侯借米糧。監河侯說：「好啊！但得等我收到封地的賦稅與租金之後，就借給你三百金，可以嗎？」

莊子聽了之後，臉色都變了，他說：「我昨天到你這裡來的時候半路上聽到有人叫我。我回頭一看，在車輪壓凹的地方有一尾鯽魚。我問牠說：『鯽魚啊！你在這裡做什麼？』鯽魚對我說：『我是東海的水族。你有沒有斗升的水可以讓我活命呢？』我說：『好啊！我將到南方遊說吳國與越國的君主，讓他們引進西江之水來迎接你，可以嗎？』鯽魚氣得臉色都變了說：『我失去日常需要的水已經到了不能活命的處境了，現在，我只需要斗升的水就能活命，而你竟然說要遠赴吳越，去求吳越的君王引西江水來接我，那還不如直接到乾魚店鋪去等我算了！』」

這則寓言，所要表達的重要涵義無他，就是：助人要即時。當一個人最需要別人幫忙的時候，那怕小小的一斗米或少少的一升水，就可以讓他活命，何需等到收得邑金之後才貸給三百金？只要少少的一升水就能讓他得救，何需大費周章，千里迢迢到吳越去引西江之水來迎接呢？遺憾的是：世界上有許多人對於幫助別人的事，都會說：「等到我有錢，再來幫助人。」或是說：「等到我有能力、有時間，才來幫助別人。」其實說穿了，都是推託之詞。助人之力，人皆有之，在乎有沒有助人的誠心與熱忱，也在乎有沒有立即付之實踐的道德勇氣。

「好事多磨，善門難開」，都是行善助人過程中常會有的感觸。幫助別人固然是一件好事，但不見得是一件易事，如果沒有那股將愛心化為行動的毅力與勇氣，助人行善確實是件不容易的事。

這個世界本來就存在著千奇百怪的人，所謂「一樣米養百樣人」。有些人熱心助人，有些人冷漠無情，更有些人不僅見苦不救，甚至還對那些為苦難人伸出援手的人冷嘲熱諷。不管如何，在我們的社會裡，「拔一毛而利天下，不為也」的人有之；抱持著「各人自掃門前雪，休管他人瓦上霜」心態的人有之；認為天下之大，苦難偏多，自認有心無力的人也不在少數。有一個朋友就曾這樣對我說：「世界上苦難的人那麼多，你能幫助得了幾個？世界所有的苦難你都能幫助得完嗎？」你說他無心助人嘛，他也關心民瘼，同理受苦之人的痛，他只是無奈與無力，犯了兵家常說的「未戰先怯」的毛病。

於是我就把曾經聽來的一則故事說給他聽。故事大意是這樣的：

有一個人到海邊散步，看見許多海星被早上的海浪沖上沙灘，當海水退去時，牠們被留下來了，太陽越來越炎熱，海灘的溫度不斷在升高，在炎熱的太陽照射下，這些為數眾多的海星很快就會死去了。那個人看見海星的無助，頓生不忍之心，於是他每走一步，就撿起一條海星，把牠們丟進海裡去。他不停地走，不停地撿，不停地丟，不停地幫助那些受困在沙灘上的海星，讓牠們重回海中活命。

另外有一個人走在他的後面，不理解走在他前面的那個人為什麼這麼做。於是問：「你幹嘛這麼做？海灘上有成千上萬條海星，你能救幾條呢？這麼多的海星你救得完嗎？救不救那幾條海星又有什麼區別呢？」

聽到後面的人帶著嘲諷語氣質疑，這位搶救海星的人沒有立即回應，只是仍然繼續一面走，一面撿起海星往海裡丟，然後再轉過頭來對走在他後面的人說：「誰說沒有區別呢？雖然我沒有辦法救盡所有的海星，但對那條被救的海星來說，撿不撿，對牠有很大的區別。」

意思再清楚不過了，世界上儘管受苦受難的人偏多，或許我們力量有限，沒有辦法救盡所有苦難的眾生，但如果能以搶救生命為己任，不以救人的多寡為取捨，哪怕傾自己所有的力量，只能幫助一個人，那麼，對這個人來說，幫不幫助，就有很大的區別。何況人多力量大，只要有更多人加入行善助人的行列，又何懼不能救盡天下蒼生，何懼無力擁抱生命？

慈悲不是口號，愛心必須付諸實踐。慈悲的最大障礙是怯懦，愛心的最大敵人是冷漠。破除怯懦，突破冷漠，對所有生命敞開心胸，釋放關懷，世界才有平息紛爭的可能，社會才有獲致祥和的一天。看似老生常談，卻是顛撲不破的真理！

一則《莊子》寓言的啟示

每當看到許多人對於蘇花高速公路是否興建的問題爭辯不休之際，我就會想起《莊子．應帝王篇》的一則寓言。那則寓言是這樣說的：

南海之帝為儵，北海之帝為忽，中央之帝為渾沌。儵與忽時相與遇於渾沌之地，渾沌待之甚善。儵與忽謀報渾沌之德，曰：「人皆有七竅，以視聽食息，此獨無有，嘗試鑿之。」日鑿一竅，七日而渾沌死。

這則寓言，用白話文說，就是：

南海的皇帝名叫儵，北海的皇帝名叫忽，中央的皇帝名叫渾沌。儵與忽時常在渾沌所居的地方相會面，渾沌對他們也都能善盡地主之誼，以禮相待。

倏與忽有感於渾沌的友善，打算報答渾沌的恩德，於是私下商量說：「你看每一個人都有眼、耳、鼻、口七竅，眼睛能看，耳朵能聽，嘴巴能吃，鼻子能呼吸，而渾沌竟然一竅都沒有，我們試著來為他開鑿七竅，讓他也能看見各種美色，聽到各種聲音，吃到各種美食，呼吸各種氣味與空氣吧！」於是他們就幫渾沌一天開一竅，到第七天，就把渾沌鑿死了。

把這則寓言，對照今天對於蘇花高速公路是否興建的爭論，答案不是已經相當清楚了嗎？大自然對人類時時刻刻都在釋放著善意，而人類卻以私我的主觀心態，用人類自我的想法，對待大自然，對於大自然之所以億萬年來如如不動的作用與意義不僅一無所知，而且不想去知，因此「人定勝天」的口號喊得漫天價響，於是利之所在，趨之若鶩，對大自然予取予求，哪裡會想到一旦大自然受破壞了，遭鑿傷，甚至崩解死亡了，人類還能存活嗎？

或許主張興建蘇花高速公路的人會振振有辭地說：不建蘇花高速公路等於把花蓮邊緣化；把花蓮人二等公民化。

其實，這都是荒謬的政治性語言，現在台灣之所以紛紛擾擾衝突不斷，就是因為政治性的語言太多。政治語言多了，愚昧與偏見也就如影隨形了，一個社會煽動的政治語言越多，人民就會越受蠱惑而陷入不可自拔的迷霧深淵。如果台灣的未來盛況不再，前途堪虞，必然也都是這些具有煽惑性的政治語言所造成。

有許多的事實告訴我們：任何事務只要有政治人物介入，只要有不顧萬世之利，而只圖一己之私的商人介入，就會把單純的事情變得複雜難解。尤其政客常常藉「民意」包裝，用群眾壯膽，動輒率眾逞威壯勢，對不同意見的人予以漫罵驚嚇，蘇花高是否興建的爭論過程，不正是如此嗎？

政治人物積極推動蘇花高興建，表面上的理由是為花蓮人謀福利？其實只要他們真的能捫心自問，動機果真如此單純嗎？果真沒有為自身利益圖謀嗎？人世間所有殺人的毒藥，總是包裹在一層糖衣裡頭，一些不明究理的人，惑於糖衣的甜頭，而不計後果，輕易吞下毒藥，何等可悲，又何等可嘆！

說得不客氣一點，興建蘇花高與其說是為花蓮人謀福利，倒不如說是在出賣花蓮人的利益；與其說是不讓花蓮人當二等公民，不如說是正把花蓮人推向二等公民的深淵，因為蘇花高速公路果真興建了，花蓮人就真的失去人人欣羨的台灣僅存的樂園與淨土了，花蓮人的優質生活品質也將從此一去不回了。

古人說：「利令智昏」。一個「利」字當頭，會讓人昏頭轉向，一個「利」字在心，也會讓人分不出是非對錯，看不出事實真相。我們要問：鑿山穿洞，花費鉅資，興建蘇花高所獲得的利，究竟是誰的利呢？當巴西雨林遭到大量砍伐，真正獲利的是誰？是政客，是商人！老百姓得到的，只是雨林被砍伐之後的經常性洪水肆虐與全球性的天氣驟變。

我們還要問：不顧生態環保，不惜破壞獨特地質，執意興建蘇花高速公路，所得的「利」是真利，還是假利呢？當蒙古大草原大量飼養羊群，大地超過了負荷，青青綠草連根被羊群扒光啃爛了，最後蒙古人真的得利了嗎？過去風吹草低見牛羊的蒙古大草原，現在嚴重沙漠化了，沙塵暴到處肆虐，蒙古草原過度開發的結果，不僅蒙古人蒙受其害，全球的人也飽嘗沙塵暴之苦。

當然我們更要問：只為爭取縮短區區三十分鐘旅程，而大大犧牲與破壞台灣屋脊的結構，興建蘇花高速公路的這個「利」，究竟是短視的利呢？還是遠見的利？四十多年前，當台灣政府致力梨山開發，鼓勵老百姓上山披荊斬棘，將茂密的山林闢建為一座座的農場和果園，那時的梨山，短期看似一片欣欣向榮，但長期卻是山區生態大變，土石流年年肆虐，這種盲目的開發，究竟是短視的利呢？還是遠見的利呢？台灣只有一個，中央山脈只有一座，難道我們不應該對蘇花高速公路是否興建的問題多一點深思熟慮嗎？

中央山脈是台灣的骨椎與背脊，一個人的脊椎受損了，就嚴重癱瘓了，台灣的骨椎與背脊如果受損了，台灣恐怕再也不能永遠堅挺站立了。

何況台灣地處太平洋邊陲，每年颱風肆虐，而中央山脈正是捍衛台灣東西兩部的屏障，中央山脈被穿腸破肚，無異台灣東西兩部的屏障脊損梁傷，再愚昧的人都會對蘇花高的興建，期期以為不可。

政客口口聲聲爭取蘇花高速公路的興建是為花蓮人的幸福，但什麼是幸福呢？幸福不是車水馬龍，幸福也不是燈紅酒綠，幸福就是要讓青山像青山那樣翠綠；讓太陽像太陽那樣升起；讓花朵像花朵那樣開放；讓小鳥像小鳥那樣歌唱。

無擾就是福，寧靜就是美，為台灣未來永續發展，為後代子孫的長治久安，請政府主管深思，請被「利」一字蒙蔽的花蓮民眾深思，更請政治人物高抬貴手，不要再用「利」一字蠱惑民眾了，請放過花蓮人一馬！放過台灣一馬吧！

天災正在考驗人性

中國四川省汶川規模八級的強烈地震，不僅震動了半個亞洲，也震動了世人對地震的恐懼，更震醒了我們對台灣九二一大地震的記憶。

那是一場讓所有台灣民眾抹之不去的記憶，也是讓災區民眾揮之不去的傷痛，多少親人因此天人永隔，多少幸福因此破滅。儘管時間推移，九二一大地震發生迄今（二〇〇八年）將屆滿九年了，九年來大家念茲在茲，恐懼之深，傷痛之情，仍然深埋心裡。

什麼是悲痛？什麼是大愛？只有親身經歷過的人，才知道其中的精義。台灣經過九年的療傷止痛，好不容易才從悲慟的陰影中逐步走了出來。而發生在今年五月十二日的中國四川汶川大地震，其威力之強，摧殘之巨，破壞之慘，死傷之重，災區民眾的悲慟與折磨，現在才正要開始。

毫無疑問的，跟發生在一九九九年台灣九二一大地震一樣，這是一場挑戰人性的天災，也是一場慈悲考驗智慧的災難，因此，全世界的人都在看：看曾經有過類似浩劫的台灣能為這場世紀大災難貢獻些什麼？人類的歷史也在看：看台灣民眾對這場比九二一大地震強上十一倍的四川汶川震災，發自內心，說了些什麼？評論了些什麼？為災區災民又實際付出了些什麼？表現了些什麼？

這些不僅會受到全世界人的評論；也會受到兩岸歷史的記載。

孟子說：「惻隱之心，人皆有之。」稚子有難，誰能不伸援手？何況對震災曾有感同身受的台灣民眾，應該更能體會現在四川災民之悲、之痛、之苦，難道不應為四川災民的遭遇一掬同情之淚？難道不應以「同是天涯受災人」的心情對四川災民採取積極的作為與關懷？

過去由於政治人物將意識型態強烈置入老百姓的腦子裡，於是樹立了敵我的鮮明對比，毫無妥協的愛恨情仇，限制了民眾的宏觀思維。台灣在政治意識型態緊箍咒的制約下，對中國處處採取敵意與抵制的態度，對於中國所發生的任何大大小小的災難，都以一種漠然的態度視之，即使民間慈善團體採取較為積極的人道救援作為，也都會被打入「不愛台灣」的行列，被貼上「親中媚共」的政治標籤，讓民間慈善團體既感無力又感無奈。

隨著時空推移與政治局勢的變化，面對中國四川大地震嚴重災情，這次政府與民間都不再冷漠了，紛紛慷慨解囊，對災區民眾表示關懷和濟助。台灣媒體形容這是「兩岸融冰」之舉，但站在人道的立場，我們認為這與其說是「兩岸融冰」之舉，毋寧說是台灣人道精神的進一步昇華，是台灣民眾大愛精神的進一步內化，對台灣在國際形象的正向彰顯，有莫大的幫助，值得鼓舞。

正當台灣為中國四川熱情表態關懷與捐助的同時，我們也不應忘記發生在中國四川震災之前的緬甸風災，那也是一場讓世人同悲共痛的大災難，只是人們總是健忘的，媒體總是一窩蜂的，緬甸災情死傷人數之眾，受災嚴重之深，也是災難史上罕見，我們豈能因四川的大地震，而遺忘了緬甸災情的存在，豈能忽略他們也需要國際人士共伸援手的事實，而以愛心與善行自詡的台灣，又豈能對這項國際災難的救援繳出白卷。

台灣與中國大陸同文同種，血緣關係密切，四川震災有難，我們固然不能袖手旁觀；緬甸雖然語言、文字、種族、文化與血緣關係，都和台灣截然不同，但以孔孟「民胞物與」的仁愛思想，與陶淵明「落地為兄弟，何必骨肉親」的豁達胸襟，緬甸也是世界地球村裡的另一親人骨肉，他們有難，我們又豈能視若無睹？

更何況任何天災人禍都是全體人類的共業，既是共業，就要全體人類共同承擔，我們只要稍盡一點棉薄之力，既不影響正常的生活支出又不影響我們的生活品質，能救人於水深火熱之中，又何慮不為呢？

對於大小災難的救援，總是走在前頭、做到最後的慈濟基金會，這次毫無例外地，兵分兩路，一路直指緬甸，前進仰光；一路前往四川，直奔災區，展開撫傷慰痛的賑災工作，慈濟人的慈悲熱忱確實可感，拔苦解難的智慧誠屬可佩，但是再大熱忱的慈悲與智慧，都需要社會大眾的鼎力支持與鼓勵，我們雖然無法像慈濟賑災人員一樣，直接進入災區，為川緬災民及時解難，但我們可以做賑災人員的有力後盾，讓他們的力量能夠倍增，為災區災民做出更多、更大的貢獻，也讓善良的人性通過天災的無情考驗。

台灣經歷了無數風災、水災與震災，都抬頭挺胸走過來了，靠的就是每個人與生俱來的那份愛。那份善，那份鼓勵人心、激勵生命的互助。誠如證嚴上人所說的，「災民是一時的災難，不是一世的落難。」在最困難的時候，我們給他們一點扶持、一點濟助、一點勇氣、一點撫慰，他們就不會有熬不過來的苦，走不過來的路。

緬甸風災與四川震災傷亡慘重，都讓人黯然神傷。西方哲人說：「希望來自於人類的互助。」更何況大愛無國界，慈悲無遠近，唯有愛，才是療傷止痛的良方，只要人人多付出一點愛，災民就少受一點苦。所以說，愛有多大，福就有多大。現在是應該讓愛心動起來的時候了，且讓我們用具體的作為響應慈濟發起的「慈濟川緬膚苦難，大愛善行聚福緣」賑災拔苦行動吧！

沒有過不去的災難

為什麼台灣遇有重大災難，朝野總是一片混亂？為什麼民眾提起救災，總覺得政府效率不彰，漫無章法？為什麼災民對救災的速度與作為總是一片指責與不滿？為什麼每次災情發生後，朝野的口水總比汗水還要多？為什麼媒體對政府救災的整體表現，總是撻伐之聲多過於鼓勵之聲？

難道台灣的各種大大小小的災難不夠多，才讓政府對救災的經驗不夠嫻熟？難道我們的政府是一個不講求效率，不為民眾排憂解難的組織，才讓政府在緊急關頭，總是群龍無首，掌握不到正確資訊，做不出正確的判斷，拿不出正確決策與方法？難道「苦民之苦，痛民之痛」只是一句口號，才讓政府不能用「人同此心，心同此理」的心境，急災民之所急，解災民之所痛？難道政治人物為民服務之誓言，只是虛情假意，才讓他們藉救災之名相互攻訐，互吐口水，博取政治資源？

新聞媒體是人民的耳目，是社會意念的形塑者。透過新聞畫面，我們可以看到災區的慘狀；透過媒體的聲音，我們可以聽到災民的心聲；透過文字的詮釋，我們可以了解災民的需要；透過全方位與持續性的報導，我們可以知道救援的情形與進度。新聞媒體是人民的千里眼與順風耳，是人民思緒與社會態度的導引者，得助於媒體的幫助，我們可以瞭望社會百態，這就是新聞媒體的可觀價值與重要貢獻。但新聞媒體為了突顯監督政府的角色，突顯逼使政府形成決策的功能，總會在災難發生後，左批防災不力，右打救災遲緩；總會運用驚悚的鏡頭強化災民的情緒，增強對政府形成決策的張力，其結果有時不免會模糊救災的布局與搶險的努力，甚至斲喪社會大眾的民心與救災人員的士氣。儘管如此，台灣新聞媒體對災情的報導不餘遺力，讓政府的救災不敢絲毫怠懈；災民的悲慟可以宣洩，災區的悲慘景象可以真實呈現，災民的慘況可以觸動民眾的悲心，這是媒體的大用。但新聞媒體也要肩負起穩定社會的責任。重大災難發生時，如何穩定災民情緒，鼓舞救災人員的士氣，激發民眾的愛心，所以減少負面的批判，少用挑釁無益的字眼，媒體應該可以做得更好。

「風雨無情，人間有愛」雖然是句耳熟能詳的話，但也是人性最真、最誠的表達。所謂「惻隱之心，人皆有之」，都表現在「一方有難，八方支援」的作為上。孟子說：「人之所以異於禽獸者，幾希？」這個「幾希」，就在於人有「惻隱之心」，有「不忍之心」。證嚴法師說過：「台灣無以為寶，以善、以愛為寶。」善與愛才是消弭災難、拔除災民苦痛的法寶良方。八八水患發生後，台灣各界湧現了澎湃的善行，各方志工湧現了不落人後的愛心，賑災總是跑在最前頭的慈濟志工，就曾南北動員，深入災區，提供熱食、協助清掃、溫馨膚慰、逐戶關懷、提供濟助，發給急難慰問金，真實地做到了「急民之急，苦民之苦」，讓人感動。企業界紛紛慷慨解囊，市井小民也不以力小，熱烈善盡微薄之力，大小捐款源源不絕，這種以愛、以善為寶的付出，目的無他，為災民盡心盡力而已。

緊急救援是救災的第一個階段，協助災民療傷止痛，重建家園，恢復常態的生活，才是賑災最艱難階段的開始。大自然已給台灣很大的警訊，八八水患對土地的重創也給我們重大的啟發，幫助災民重建家園工作不能執迷不悟，不論為災民未來的安全設想，或為山地休養生息的需要，遷村都是勢在必行。當然，我們也知道，遷村是件很不容易達成的任務，沒有政府的大決心，沒有朝野的共識，災民的合作，難以竟全功。台灣山巒陡峭，河川狹短，且地處地震帶，又是颱風多發區，高頻率的地震，讓地層容易鬆動，多發性的颱風帶來狂風驟雨，讓山區土石容易滑落，所以儘管山區峽谷風景宜人，也實在不宜部落群聚。

事實上，我們也深知，山區部落群居，已成為原住民的一種生活習慣與生存方式，要讓他們放棄祖祖輩輩用以安身立命之地，遷徙到一個生疏的區域，又要面對一個不可知的未來，抗拒之心難免會油然而生。如何解除他們心中對遷村的疑慮，如何給他們一個可以接受的美好願景，如何提出一個遷村的配套利基，都有賴詳加籌謀。

可以想像得到：遷村成敗的關鍵在於遷村地點的選擇與土地的取得。既然要遷村，地點就必須遠離危險山區，而土地取得也必須地方與中央共同協商解決。至於遷村之後的願景，政府必須和災民做最充分的溝通，還是那句老話：「苦民之苦，解民之疑，適民之願，應民之需」，因此，只要出於一片真誠，源於一片善意，用耐心、愛心、細心與決心，有方法、有步驟，一步一腳印地持續進行，相信遷村之議，就能化不可能為可能。

現在全世界都在看台灣的賑災效率，看台灣如何做好災後重建工作。事關台灣的榮辱，也關係到災民是否能夠獲得最妥善的幫助，災後的重建工作，已經不是政府可以單獨承擔的事了，而是朝野應摒棄成見，同心協力一同完成的工作了。台灣雖只是彈丸之地，但民氣可用，只要朝野同心，就可以展現無與倫比的實力，讓全世界都看見台灣旺盛的生命力。何況，台灣人民有愈挫彌堅的不服輸精神，它可以證明：台灣經得起巨大災難的考驗，可以歷經頓挫而屹立不搖。請讓我們用最虔誠的心祈禱「天佑台灣」，用最高亢的聲音喊出「台灣加油！」

大自然的震撼課

如果地球是宇宙中的一粒微塵，人就是宇宙中微塵中的微塵。但遺憾的是：人，並不這樣想。人，總認為自己是萬物之靈；是天地間的主宰者，萬物皆歸我所有，山林河海都是我的後花園。所以，人，總是目空一切，總是為所欲為，總是對於山河大地任意宰割，不知停息。

其實，人類因為站得不夠高，所以看不出自己的渺小；人類也縮得不夠小，所以看不見大自然的巨大。前者，讓人不夠宏觀；後者，讓人缺乏謙卑。既沒有恢宏的視野，又沒有自律的謙卑，加上人類永無滿足的貪慾，人與大自然的和諧漸行漸遠了；人不再認為和地球是一個不可分割的生命共同體了；甚至人已逐漸和大自然對抗，和大自然為敵了。

原本用以哺育人類的地球，被人類無情無義地挖掘破壞了；原本用來讓人類安身立命的大地，被人類肆無忌憚地殘暴糟蹋了；原本用來維持人類生命的飲水糧食，被人類昏昧無知地汙染毒害了。

於是，人類賴以存續的地球開始崩解了。高山是它的脊梁，現在脊梁逐漸坍塌了；綠地是它的皮膚，現在皮膚開始潰爛了；大地是它的肌肉，現在肌肉開始消瘦了；溪河是它的血管，現在血管開始阻塞破損了；雨林是它的心肺，現在心肺開始羸弱了；大氣是它的體溫，現在體溫開始升高了。破壞這一切的，造成地球逐漸崩解所帶來的巨大災難惡果的是誰？無庸置疑的，正是貢高我慢、淺薄短視、自私自大、貪婪無度的人類。

或許有人會認為：冤有頭，債有主，從地球上牟取暴利的不是我，搞破壞的，也不是我，讓地球傷痕纍纍的罪魁禍首更不是我，為什麼我要跟他們同食惡果？可是大家別忘了，人類是一個整體的代名詞，是每一個個人加總起來的整體，所以每一個人和地球環境的惡化都脫離不了關係，也就是說每一個人都是傷害地球的元凶，即使不是主凶，至少也是幫凶，能說是無關嗎？

大自然依照它的規律運行，而地球也依照自然法則運轉，大自然對人類總是慈悲的，它獨厚人類，讓人類生生不息，日益繁衍，尤其生養萬物的地球，千百年來默默承受人類的啃蝕與破壞，分分秒秒，無怨無悔地提供人類滋養生命的養分，對於人類無度的需索與揮霍，它偶爾也會發出悲鳴與呻吟，會用具體的動作對人類提出抗議與警告。但人類對地球發出的抗議與警告，總是無動於衷，而且還變本加厲，運用不斷被製造出來的，破壞性更大的科技利器，對山河大地予取予求，對地球資源做更無度的揮霍與浪費。大自然視人類為子女，而人類卻視大自然為寇仇，似乎欲置之死地而後快。

我常想：果真天外有天，人外有人的話，那麼生存在天外之天的人外之人，看見人類對他賴以活命的地球，做出如此大逆不道的愚行，一定會扼腕嘆息，扼腕人類的荒唐與無知，嘆息人類的可悲與可笑，地球茹苦含辛所孕育出來的尊貴人類，竟是用來對付地球，毀滅地球的癌細胞。

儘管有科學家認為：大自然自有它的一套運轉機制，在可容忍的情況下，大自然具備自我修復的能力，人類大可不必杞人憂天。不錯，地球就像人體一樣，是一個具備生老病死的有機體，這個有機體固然跳脫不開「生、住、異、滅」的自然法則，但除非它真的走到壽命的盡頭，真的到了壽終正寢的時候，否則它還是有一套自我防衛的機制與修復再生的能力。

因為大自然有再生修復的能力，所以它可以讓人類做小規模的耗損與輕微的傷害；因為它有自我防衛的機制，所以當它受到大規模的破壞與持續的榨取，使得它的再生修復能力難以承受時，自我防衛的機制就啟動了。地球的自衛機制，不外是撤守與反撲。地球的自衛機制一旦撤守了，地球也就開始崩解了；而地球一旦開始反撲，那麼就是人類浩劫的開始。不管是地球開始撤守或反撲所造成的各種天災與人禍，都是大自然對人類所上的震撼課。

遠的不說，就以台灣為例，五十年前中南部的八七水災；十年前的中部九二一大地震；這次南台灣的八八水患，以及期間大大小小的天災地變，都是大自然對人類的警告，都是山河大地對人類的反撲，都是大自然為人類所做的最精心設計的震撼課。

大自然的震撼課，其聲如雷，但人類卻充耳不聞；其顯如電，但人類卻視若無睹。或許人類真的「冥頑不靈」，聽不到大自然的警告，看不到大自然的反撲；也或許是人類真的「利令智昏」，被貪婪蒙蔽了良知，故意漠視大自然的警告和哀鳴；更或許是人類真的「狂妄自大」，認為人定勝天，敢於和地球為敵，向大自然宣戰，否則不可能對大自然的震撼課置若罔聞。

「覆巢之下無完卵」，「皮之不存，毛將焉附」，地球崩解了，人類豈能續存；大地不存了，生命又哪裡能依生。

誠如證嚴上人所說的：「驚世的災難，要有警世的覺悟。」人類如果不能清醒覺悟，貪婪之心如果不能斷然止息，對大自然的震撼課，如果不能真心領悟，那麼大大小小的災難，勢必不斷重複發生，人類恐怕也將永無寧日，走向滅亡一途了。

思維我們的生活方式

「人類二十一世紀的顯學是什麼？」

「節能減碳，搶救地球。」相信許多人都會這麼回答。

沒有錯，君不見「聯合國氣候變化會議」於二〇〇九年在丹麥的哥本哈根吵吵鬧鬧登場嗎？

在會議中，我們看到許多環保團體與貧窮島國憂心如焚，我們也看到許多關鍵性大國，還是唯利是圖，以「謀取自身最大利益」的態度爾虞我詐，在重要議題上互不讓步。人類總是「不到黃河心不死，不見棺材不流淚」，只有到危機迫在眉睫，才開始懂得反省。

說到反省，最該檢討、最該反省的是那些工業大國，那些超強的資本主義國家。

嚴重的地球汙染問題，罪魁禍首不都是這些工業大國嗎？它們的大量工業，製造了大量的汙染，它們奢華的生活方式排放了大量的二氧化碳，它們研製了大量堪虞的消費用品，研製了殺傷力強大的武器，它們賺滿了荷包，卻傷害了地球，也讓貧窮動亂的國家，貧者愈貧，亂者愈亂，而強國卻從中牟取暴利，這就是今天世界環保惡化的真相。

我們不相信這些關鍵性工業大國不知道環境惡化的真相，它們心知肚明，只是不願承認，不願意面對，才會有對《京都議定書》的漠視，也才會有這次「聯合國氣候變化會議」的吵吵鬧鬧與爭執不休。

其實，有關地球暖化的警訊，早在十九世紀就有科學家提出了。

一八九六年，瑞典科學家阿瑞尼斯（Svante Arrhenius）就曾預測：「人類燃燒含碳的石化燃料，將提高大氣中二氧化碳的濃度而導致全球溫度上升。」當時，地球的人口約十億人。他也同時預言：「較溫暖的氣候，使得物產豐饒，有利於人口的快速成長。」果不其然，一個世紀之後，今天地球人口已達六十八億人，估計到二〇五〇年世界人口將接近九十二億人。

世界人口的急遽增加，無異對地球暖化雪上加霜，不說糧食的短缺問題，光說世界眾多人口的生活所產生的二氧化碳就難以估算，尤其過慣奢華生活的強國或富國人民，如果在生活方式上不能徹底改變或做必要的節制，「節能減碳救地球」就只是淪為一項口號而已。

根據報導，目前，一名美國年輕人每年平均排放的二氧化碳為十九公噸，而阿富汗一名農村居民，靠養羊和種蔬菜維生，每年只不過排放二十六公斤的二氧化碳，多麼天壤之別啊！

當然或許有人會說：這是二個極端的例子。然而較持平的統計仍然是：全球每年每人平均的排碳量是四點三公噸。

用這個數字來計算，全球每年的排碳量確實相當驚人，所以人類如果不能重新思考現在的生活方式，不能在消費上做嚴格的控制，地球的未來、人類的前途的確堪慮。

從這次哥本哈根「聯合國氣候變化會議」的過程中，可以看出「節能減碳」確實是大家所關心的議題，參與會議的一百多個國家，確實也想在這個議題上有所貢獻，問題就在於工業大國如何端出誠意，如何以大局為重做出讓步。真誠恐怕是第一步。

《莊子．漁父》篇中記載了孔子聆聽漁父的一段話，實在心有戚戚焉。漁父對孔子說：

真者，精誠之至也。不精不誠，不能動人。故強哭者雖悲不哀；強怒者，雖嚴不威；強親者，雖笑不和。真悲無聲而哀，真怒未發而威；真親未笑而和。真在內者，神動於外，是所以貴真也。

這段話的意思是：「真實是專一而誠懇的極致狀態。不專一、不誠懇，就不能感動別人。所以勉強哭泣的人，看起來像是很悲痛，其實並不哀傷；勉強發怒的人，看起來像是很嚴厲，其實並不威猛；勉強親切的人，雖然做出微笑的樣子，其實並不和悅。真正的悲痛是沒有哭聲卻很哀傷；真正的憤怒是沒有發作，卻自然威猛；真正的親切是沒有微笑，卻讓人感到和悅。從內心發出真誠。神色自然會顯露出來，所以最重要的是真誠。」

今天無論是國際政治舞台上，或國內社會各個階層的互動上，最欠缺的就是真誠。

由於缺乏真誠，大家都戴著虛偽的面具，為自身的利益虛與委蛇，內心不僅不精不誠，而且還「強哭以為哀；強怒以為威；強親以為和」，這種裝模作樣的表演，充其量只是說說而已，對於問題的解決不僅於事無補，還會治絲益棼。

正因為在節能減碳這個議題上，各國領袖各懷鬼胎、各擁心機，難怪聯合國祕書長潘基文對這次的哥本哈根「聯合國氣候變化會議」不斷做出呼籲，希望各國能夠達成妥協，一同為在二〇一〇年達成具有法律約束力的文件奠定基礎。

他說：「如果現在不能夠採取一項真正的全球行動，每一位公民的福祉就將處於危險之中。」

潘基文祕書長這話雖然說得語重心長，但還是《莊子．漁父》篇的那一句話：「真在內者，神動於外，是所以貴真也。」

希望這次各國領袖對於解決節能減碳的議題與行動都是出於真誠。或許有人也說：「天下政客一般黑，政客的話怎能信？」事已至此，我們只能姑妄聽之，姑妄信之吧！

最重要的是：節能減碳應從自己的日常生活做起，從每一個人厲行「儉樸生活」做起。只要全球每一個人都能自覺，都能自動減少碳足跡，又何必在乎各國政客們在世界舞台反反覆覆的演出！

山木自寇？膏火自焚？

「政治惡鬥讓台灣陷入危機了！」
「人民好鬥讓台灣氣數漸盡了！」
「奢華成風讓台灣的道德淪喪了！」
「產業外移讓台灣快沒有明天了！」

對於這樣的言論，有人認為這是危言聳聽，是一種沒有自信的悲觀論調；也有人認為這確實是危機，但也是轉機；更有人會憤怒地說，這是唱衰台灣。唱衰台灣的人就是不愛台灣。不愛台灣的人，人人都可以喊打。

這個年頭，誰敢唱衰台灣？這個年頭，非藍即綠，誰敢說真話，表憂心？這個年頭，只要不選邊站，就會被打成「黑五類」，永遠無法翻身，所以誰敢不說「台灣萬歲，萬萬歲！」之類的好聽話？這年頭，只要說出不符意識型態的話，就會被視為「非我族類」，一旦被「點油做了記號」，就是「非友即敵」，就永無寧日。

生於斯，長於斯，將來還要死於斯的人，誰不愛台灣？其實真正愛台灣的人，不會一天到晚把愛台灣掛在嘴上。真正愛台灣的人，會把那分對台灣的摯愛深深地嵌在心裡；真正愛台灣的人，會憂台灣、護台灣、衛台灣；真正愛台灣的人，會時時牽掛台灣的現在，設想台灣的未來；真正愛台灣的人，不會讓台灣分化、對立、衝突，不會散播仇恨，不會擴大疏離，不會讓台灣顛狂纏身，更不會製造矛盾、裂解台灣、從中牟取權力、汲取名位。

西方俗諺說：「上帝要毀滅一個人，必先讓他瘋狂。」中國賢哲也說：「天作孽猶可違，自作孽不可活。」表達的方式儘管不同，但道理只有一個，那就是：自助人助，人助天助，當一個人不斷作孽而不知反省，那麼這個人就無可救藥了；當一個人陷入無可救藥的瘋狂地步，那麼這個人就開始自我毀滅了。

台灣不正是如此嗎？現在的台灣不是整個陷入瘋狂之中嗎？政治人物瘋狂了，企業大亨瘋狂了，演藝人員瘋狂了，媒體瘋狂了，平民百姓也跟著瘋狂了。種種瘋狂的行為孰令為之？孰令致之？說穿了，不是別人，是人民自己。人民自己耳聾、目盲、智昏，聽不出真話，看不出真相，缺乏思辨的能力，所以一犬吠影，萬犬吠聲；所以人云亦云，聞聲起舞；所以甘願充當打手，當人轎夫；所以喜聞人之惡，不喜聞己之惡；所以黨同伐異，內鬥不已；所以八卦充斥，黑函紛飛；所以黑幫抬頭，正義匿跡；所以炫耀財富，「財」子佳人，蔚為風氣；所以藍綠對決，殺聲震天。人民弱智化了；意識型態化了；社會扭曲化了，不僅政治人物陷入瘋狂，媒體陷入瘋狂，人民也陷入瘋狂，整個社會都陷入瘋狂了。

一個社會之所以瘋狂，是因為政治先瘋狂。為了攫政權、取名位，朋黨之爭如火如荼；不僅藍綠惡鬥永無止境，藍綠各自的內鬥也方興未艾。翻開報紙，打開電視，看到的不都是政爭的內幕、相互攻訐的消息？不都是在「拉攏次要敵人，打擊主要敵人」的所謂「統一戰線」技倆？不都是彼此放話，勾心鬥角，機關算盡？政治既然陷入瘋狂，人民也無一倖免，跟著瘋狂了。

政治陷入瘋狂，帶動了整個社會的動盪不安，人民的思想混亂了，傳統的核心價值動搖了，「昨是今非、今是昨非」，明日的是非又何在？人民的信心潰散了，政治選邊站，派系鬥爭化，政治新聞八卦化，老百姓陷入了政治的迷霧中。

百姓內心的矛盾和衝突，心靈的苦悶和無奈，都必須尋找一條發洩的出路。於是八卦媒體應運而生，迎合了老百姓心靈自我麻醉的需要，也符合政治瘋狂時期，舒緩人民鬱悶心情的調味劑。

媒體八卦化是加速社會沉淪與崩解的催化劑。台灣媒體沉淪速度之快，讓人匪夷所思。媒體的社會責任不見了，代之而起的是爆料文化的興起。八卦媒體充分運用人民潛藏在內心的偷窺慾，成群結隊的狗仔，無孔不入，無所不在，不僅爆別人的隱私不遺餘力，並且加油添醋，以炒作別人的隱私為樂，更有甚者，乾脆自導自演，無中生有，編寫劇本，以製造新聞為業，現在台灣媒體似乎淪落到只靠販賣別人的隱私過活了。我們不禁要問：「台灣難道真的瘋了嗎？」

政治和媒體就像是一把殺人劍、活人刀，操在居心叵測的人的手上，可以傷人，也可以殺人；可以讓整個社會哀鴻遍地，也可以讓無數百姓血流成河。但如果握在以天下蒼生為己任的人的手上，政治和媒體又可造福人群，澤被百姓，讓社會一片祥和，使人間一片喜樂。所以證嚴法師曾經說過：「政治是少數人的舞台，影響的卻是天下蒼生。」

如果有人用政治來玩弄權位，用權位來操弄對立，那麼，對立反過來會反噬權位，權位反過來會腐化政治，最後，不但玩火的人會自焚，還要殃及無辜的百姓。玩弄政治的人豈能不慎？善良的百姓豈可不睜大眼睛！

《莊子．人間世》篇有這麼一段話：

山木，自寇也；膏火，自煎也。桂可食，故伐之；漆可用，故割之。人皆知有用之用，而莫知無用之用也。

這段充滿人生哲學與生活智慧的話是說：山木做成斧頭的把柄，斧頭反過來做砍伐山木的利器；油膏可以點燃成火，而火反過來不斷燃燒油膏。桂樹的皮可以吃，所以會被砍伐；漆樹的汁可以用，所以會被切割。世人都知道有用的好處，而不知道無用的好處。

這段話的真正涵意，或許一時間難解難懂，但看久了，想多了，或許就會有豁然開朗的體悟。尤其政治人與媒體人如果對這段話能玩味再三，想通了，開悟了，則台灣有救了，百姓有福了，我們也要高興地說：「善哉！善哉！」

人之過也，各於其黨

清朝揚州八怪之一的鄭板橋，在服臣十年之後，對官場黑暗諸多不滿，興起了罷官返鄉，歸耕田園之意。他在〈思歸行〉一詩中，表達了對國家時局的不滿，對官箴不振的失望，對皇帝關心民瘼的質疑。諤諤之言，總是中肯難入耳，但也抒發了平民百姓發自內心的不平之鳴。

山東遇荒歲，牛馬先受殃；
人食十之三，畜食何可量。
殺畜食其肉，畜盡人亦亡。
帝心軫念之，布德回穹蒼。
東轉遼海粟，西截湘漢糧；

雲帆下天津，艨艟竭太倉。
金錢數百萬，便宜為賑方。
何以未賑前，不能為周防？
何以既賑後，不能使樂康？
何以方賑時，冒濫兼遺忘？
臣也實不材，吾君非不良。
臣幼讀書史，散漫無主張：
如收敗貫錢，如撐斷港航；
所以遇煩劇，束手徒周章。

就在這種無力兼無奈的心情下，鄭板橋下定了決心，決定返回江蘇興化的家鄉與「雲雁為伴」和「雨鶴謀梁」，過他那種「眼不見為淨，耳不聞不煩」的耕讀晚年。他說：

臣家江淮間，蝦螺魚藕鄉；
破書猶在架，破氈猶在床。

待罪已十年，素餐何久長。
秋雲雁為伴，春雨鶴謀粱；
去去好藏拙，滿湖蓴菜香。

十年宦海浮沉，他看見了官場的黑暗，也體會到孤臣的無力回天。為了不落個「尸位素餐」的罪名，只好罷官歸去，甘心嚼食那滿湖的蓴菜香了。

人生在世，總不免有許多的無力與無奈：

對國內亂局的無奈；對道德沉倫的無奈；對族群對立的無奈；對藍綠對決的無奈；對師道不尊的無奈；對價值錯亂的無奈；對功利盛行的無奈；對詐騙猖獗的無奈；對事與願違的無奈等等。

在諸多無奈的同時，接踵而來的是無語問蒼天的無力與無望，明知政治亂局會斲喪國力；明知族群對立會社會不安；明知功利盛行會人情炎涼；明知道德淪喪會善惡不彰；明知師道不尊，會失去典範；明知藍綠對決，會衝突不斷，但政客們仍然為了攫取政權，不顧善良百姓的吶喊，作殊死戰；仍然為個人的名位私利，不顧小老百姓的疾苦，強取豪奪，不擇手段；仍然為了贏得選舉，不顧族群和諧，一而再，再而三地離間撕裂，鬥爭不斷，沉默百姓，有口難言，只好無語問蒼天了。

孔子說：「人之過也，各於其黨。觀過，斯知仁矣。」意思是說，人之有過錯，往往都是出於自私的心態，所以黨同伐異。

為了黨同營私，所以心胸狹隘了；為了伐異排他，所以權謀產生了，人的過錯就在黨同伐異中不斷地強化與深化，彼此之間的仇恨就不斷地加劇與擴大，終至民怨四起，民生凋敝，國家不待敵人攻伐就因自己內部的相互傾軋而敗亡了。

只要能察覺到這種黨同伐異的過失與弊端，力矯狹隘自私的心態與作為，社會就能回歸秩序，人民就能獲得和諧，弱勢群族就能獲得關懷，全體老百姓就能獲得安居樂業，受苦受難的蒼生就能得救而安，這才是大智、大仁、大勇的表現，才真正知道什麼是仁者的真諦與內涵。

孔子也曾在評論甯武子這位衛國有名的大夫的為人與表現時說：「甯武子邦有道則知，邦無道則愚。其知可及也，其愚不可及也。」

孔子的意思是說：在國家一切步入正軌時，甯武子就把他的智慧與才能發揮得淋漓盡致，而當國家陷入混亂無道的時候，他就裝聾作啞，明哲保身，表現得愚昧不堪的樣子。

孔子對甯武子的這種表現，最後的評語是：「其知可及也，其愚不可及也。」我們不知道這句話究竟是褒還是貶，我們只知道當國家步入混亂失序時，大多數人都會為了明哲保身，對政局昏暗故意裝聾作啞，看似大智若愚，其實是姑息養奸，只會加速國家的混亂與社會的失序。

人民的長吁短嘆，有識之士的無奈、無力、無望，不僅是出於不忍聞、不忍言的心情，或是出於不想聞、不敢言的心態，都應是「愚不可及」了。鄭板橋的「摘去烏紗帽，回歸田園樂」，或許也是這種「邦有道則知，邦無道則愚」的心理作崇吧！這可就是人民百姓的悲哀了。

「假大空」陰影籠罩

曾經聽朋友講過這麼一個故事。這個故事表面上是在述說一位勤勞農民的遭遇，實際上是在嘲諷社會上充滿著一股欺騙虛假的歪風，讓許許多多善良的百姓受害，讓人與人之間彼此的信任受到打擊。這個故事大意是這樣的：一戶生活得很辛苦的農家，他們所有的積蓄都拿到市場購買稻種，然後他們比其他農民更努力地在田裡工作，他們辛苦地耕耘，辛苦地播種，辛苦地灌溉，辛苦地除草，辛苦地施肥，數月過去了，收穫的季節來臨了，但他們卻是顆粒無收，原來他們買到的種子是假的。

由於沒有收成，這戶農家頓時陷入困境，他們越想越難過，生活也越來越艱難，於是萌生輕生的念頭，他們買了一瓶農藥回家，想全家飲藥自盡，沒想到農藥喝完了，他們卻依然無恙，原來他們買回來的農藥是假的。

事後，這家農戶終於想通了，知道好死不如歹活，只要留得青山在，不怕沒柴燒。他們為了感謝上天的刻意安排，讓他們買到假藥，一家才得以倖免於難，於是決定買一瓶酒回來慶祝一番，並彼此期勉重新面對人生，結果他們喝下慶生酒後，竟然全都死了，原來買回來的酒也是假的。

當時我聽了這個故事，只覺得這故事荒謬可笑，心想社會上哪有這麼不幸的事情，哪有這麼荒謬的巧合。但事後仔細想想，這種情景不就在我們現實的生活中，活生生地重現嗎？只不過在我們真實生活中所發生的場景沒有像上述故事那麼巧合，結局也沒有那麼悲慘罷了。

只要細心地觀察我們的社會，就可以發覺我們的社會到處充滿爾虞我詐，虛偽造假，詐騙集團膽大妄為，肆無忌憚，詐騙手法也不斷推陳出新，讓人防不勝防。而市場上的假貨、仿冒貨、劣質貨、黑心貨，如影隨形，滲透到我們日常生活中的各個層面。一批「假冒貨」的風波才告銷聲沉寂，另一批「劣質貨」又告風起雲湧；一批「黑心食品」才衝擊了消費者的信心，另一批「有毒奶品」又搞亂了市場秩序，弄得人心惶惶。我們沒有確切的數據說明這些假貨、仿冒貨、劣質貨、黑心貨對民眾的健康造成多大的損害，對市場機制造成多少的負面影響，但我們知道，這種造假製偽，不顧商譽，不講商德，唯利是圖的風氣，似乎正在啃噬著我們社會的誠信基礎，一旦互信的基礎遭侵蝕了，社會的良善互動也就土崩瓦解了。

記得中國大陸在文化大革命與其前後年代裡，中國社會流行過所謂「假大空」的現象。所謂「假」，就是說假話；所謂「大」，就是說大話；所謂「空」，就是說空話。

在那個人人自危的年代，由於政治鬥爭的理由，人人為了自保，有時不得不說假話，不得不說大話，不得不說空話，整個社會瀰漫在一股彼此猜忌，互不信任的氣壓中。所以許多歷史學家回顧那段中國文化大革命的歷史，都會感嘆地說：那是個荒謬的年代，是個苦悶的年代，是個虛偽的年代。

或許有人會認為：歷史總是一去不復還，像中國文化大革命那種所謂「假大空」的荒謬年代，已經變成歷史的灰燼，隨風飄逝了。

其實，事實並非盡然，難道我們沒有發覺另一種「假大空」的氣氛正在我們的社會借屍還魂嗎？過去中國文化大革命的「假大空」是藉政治的軀體，發揮了無所不在的魔力。而這次的「假大空」之風是藉商業的軀體，無遠弗屆地到處飄蕩。

假貨、劣質貨、仿冒貨、黑心貨固然讓消費者飽受身心的折磨，但有比「假」字更大折磨的，那就是奢華浮誇的「大」與虛幻不實的「空」。

在資本主義社會裡，市場機制不斷鼓勵擴張，企業經營也不斷追求擴大，認為唯有大，才具備競爭力；唯有大，才能擴張市場的占有率。於是每個企業都想開疆闢土，每個企業不但忽視了務實，而且崇尚務虛，於是企業不斷以債養債，不斷灌水增胖，不斷膨脹充氣，一顆顆市場機制中的定時炸彈就這樣形成了，一旦超大的炸彈爆破了，一旦虛胖的巨人倒下了，整個世界就受到波及，整個社會就受到撼動，國際間的經濟秩序就受到擾動了。美國金融風暴不就是這樣形成的嗎？虛胖的金融巨人倒了，多少不分國界的善良百姓要為此付出慘痛的代價？

拜現在科技之賜，網路資訊無遠弗屆，網路影響力與日俱增，許多人利用網路無孔不入的優勢，在虛幻的網路世界裡，以空賣空，以虛換假，以假亂真，無中生有。現在不僅年輕人沉溺在網路世界中，年紀大的人也開始在虛幻的網路中找尋苦悶的出口，在虛擬世界的滾滾波浪中載浮載沉。

老子說：「名與身孰親？身與貨孰多？得與亡孰病？是故甚愛必大費，多藏必厚亡。故知足不辱，知止不殆，可以長久。」

意思是說：名聲與身體，哪樣與你更親密？生命與財富，哪樣對你更重要？得到財富與失去生命，哪樣是病態？因此太愛名利的人必定有大損耗，囤積財富的人，必定有大損失。所以說：知道滿足，便不會受辱，知道停止貪欲，便沒有禍害，這樣的人，才可以長久。

老子的話，說穿了，就是要我們樸質戒貪，知止務實。現在的「假大空」風氣，就是人性貪婪的結果，只有止貪務實，回歸儉樸知足的美德以及克勤克儉的生活方式，才是人類社會長治久安的根本法則，也才是人類不辱不殆的長久之計。

瘋子與政客

一個瘋子無法知道他是發瘋；一個無知的人，不會知道他是無知；一個處於夢中的人，不知道他在作夢。如果你知道自己是在發瘋，就不再發瘋；如果你知道自己無知，就不再無知；如果你知道自己在作夢，就不再作夢。

這是一位哲人的醒世箴言，對於這個醒世箴言，能琅琅上口的人很多，但能真正醒悟的人很少。

每一個發瘋的人，都不承認自己發瘋；每一個無知的人，都不承認自己無知；每一個作夢的人，都不承認自己在作夢，不僅不承認，連一絲絲懷疑都沒有，於是發瘋的繼續發瘋；無知的繼續無知，作夢的繼續作夢。

如果你對一個瘋子說：「你發瘋了。」這個瘋子會對你吼叫說：「你才瘋了。」如果你對一個無知的人說：「你太無知了。」這個無知的人反而會對你說：「你才無知呢！」如果你對一個正在作夢的人說：「你在作夢。」這個作夢的人，一定會對你說：「你才正在作夢。」

這就是現實生活中的真實狀況。正如有一位孩子寫了許多錯別字，父親說：「你寫了太多的錯別字了，當你有懷疑時，你為什麼不查字典呢？」孩子說：「但是，我從來不覺得有懷疑啊！」

發瘋的人，從來不懷疑自己發瘋；無知的人，也從來不會懷疑自己無知；作夢的人也從來不懷疑自己作夢。

沒有懷疑，怎麼會承認？有了懷疑，才會找正確的答案，才會有機會承認自己的無知，自己在作夢。

《莊子．齊物論》篇中有這麼一段話：

昔者，莊周夢為蝴蝶，栩栩然蝴蝶也。自喻適志與！不知周也。俄然覺，則蘧蘧然周也。不知周之夢為蝴蝶與？蝴蝶之夢為周與？

意思就是說：從前莊周夢見自己變成蝴蝶，自由自在飛舞，十分開心得意，不知道還有莊周的存在。忽然醒過來，發現自己就是一個躺臥著的莊周。這時，他不知道是莊周夢見自己變成蝴蝶呢？還是蝴蝶夢見自己變成莊周？

人生如夢似幻，人際關係中有時似真，有時似假，誰能在現實生活中分辨出哪些事物是真，哪些事物是假，蝸角虛名，蠅頭微利，過眼雲煙，名與利是實也？是虛也？誰能理得清楚？誰又能跳脫得開？

《莊子．齊物論》符又接著說：

夢飲酒者，旦而哭泣；夢哭泣者，旦而田獵。方其夢也，不知其夢也。夢之中又占其夢焉，覺而後知其夢也。且有大覺而後知此其大夢也，而愚者自以為覺，竊竊然知之。

翻譯成白話文就是說：一個人晚上夢見飲酒作樂，早上起來卻悲傷哭泣；晚上夢見悲傷哭泣，早上起來卻打獵作樂。人在夢中，不知道自己在作夢，在夢中還要問夢的吉凶如何？醒來後才知道在作夢。人，要有大清醒，然後才知道這是一場大夢。但是愚昧的人自以為很清醒，好像自己什麼都知道。

人世間，大部分的人都不夠清醒，所以不知什麼是真？什麼是假？什麼是虛幻？什麼是真實？有些人以真為假，有些人則是以假為真；有些人認虛幻為真實，有些人認真實為虛幻，於是人與人之間爭爭吵吵；整個社會就紛紛擾擾。

《莊子．則陽》篇裡講了一個故事，大意是說：

有兩個國家，一個叫觸氏，一個叫蠻氏。這兩個國家，為了爭奪土地而發生戰爭，戰爭進行得非常激烈，而且打得曠日持久，死傷慘重，血流成河，民不聊生。而這兩個國家所爭的土地到底有多大呢？觸氏跟蠻氏，一個住在蝸牛的左犄角裡，一個住在蝸牛的右犄角裡。

只為了蝸角的米粒大土地，就打得屍體遍地，是智也？是不智也？更何況蝸角上米粒大的土地也是虛幻無常。

司馬遷在《史記》中說：「天下熙熙皆為利來，天下攘攘皆為利往。」古往今來，各式各樣的你爭我奪不是為名，就是為了一個利字。

在現實的生活中，不正是如此嗎？儘管許多人都打著為國、為民、為族群、為弱勢的正義旗號，進行所謂的公理之爭，正義之爭，但實際所圖的，絕大部分不是為權，就是為名，要不然，就是為利。

記得有一位哲學家曾經這麼說過：

如果這個世界變成一個健全、正常的世界，那就有兩種人必須被治療，他們是瘋子和政客。這兩種人都宣稱自己比別人優越，但請記清楚，瘋子比起政客來，更不會傷害別人，因為他只宣稱自己優越，他沒有忙著去證明。

而政客卻忙著要證明比別人優越，為此，他必須花很大的代價，用盡許多手段，所以政客比瘋子更危險，因為他們是急著想去證明自己是比別人優越的瘋子。

這話講得有點辛辣，但事實確是如此，政客或沉迷於權力與名利的人，都想急著去證明比別人優越，於是在手段上就會「無所不用其極」，就會急於把別人壓制在地上，踐踏在腳下，危險性當然比純粹只是瘋子的人來得更高。

沒有錯，瘋子和政客都有一個幻覺，都認為自己是上帝，是民族的救星，也是全人類的希望所在，殊不知他們的瘋狂，不是真的病了，就是還在做春秋大夢。

人生短暫，春夢無痕，等到大覺驚醒時，一切都成了悲劇，一切都成了泡影，才了知《莊子》諸篇所要闡明的微言大義，才知道「觸氏與蠻氏」兩國之爭的荒謬與可笑，未免為時晚矣。

賢君之治國若何？

最近重讀《晏子春秋》，讀到一段有關「賢君治國若何」的君臣問答，心中感慨良多，有一吐為快的衝動。

景公問晏子曰：「賢君之治國若何？」

晏子對曰：「其政任賢，其行愛民；其取下節，其自養儉；在上不犯下，在治不傲窮；從邪害民者有罪，進善舉過者有賞。其政，刻上而饒下，赦過而救窮；不因喜以加賞，不因怒以加罰；不從欲以勞民，不修怒而危國；上無驕行，下無諂德；上無私義，下無竊權；上無朽蠹之藏，下無凍餒之民；不事驕行而尚司，其民安樂而尚親。賢君之治國若此。」

景公是春秋戰國時期齊國的君王，而晏子是輔佐齊景公的齊國大臣，

《晏子春秋》就是記載著晏子的政治思想與治國要略，全書透過君臣的答問，將晏子的思想、言行與進諫藝術表露無遺。

「賢君之治國若何？」的君臣問答，目的在闡述晏子任賢愛民的政治主張。施政之要，首在任賢。任賢的意思就是任用賢能的人，人用對了，施政也就成功一半了。所謂「事在人為」，用對人，做對事，就是施政的精要，也是治理國家，造福百姓的全部。

齊景公在歷史上算不得明君，也說不上是昏君，終景公一朝，齊國總算還稱得上太平無事，其中一部分功勞應該歸於晏子，由於晏子的敢言敢諫，讓景公減少許多錯誤的決策與不當的言行，讓百姓免去許多的勞役，減少許多的苦難，自古明君須有忠臣輔諫，何況智不足以治民，德不足以服眾之君主，更需要有敢言敢諫的臣子加以輔佐。

說齊景公雖不是歷史的明君，但也算不上是昏君，是因為他還想到要做一個賢君，所以才會問晏子說：「賢君之治國若何？」就是問：賢明的君主應怎樣治理國家？

難得君主見問，晏子就利用這個機會，把他的治國理想和政治哲學直言陳述：「在施政上要任用賢人，在行為上要愛護百姓（其政任賢，其行愛民）；向老百姓索取勞務稅賦時要知所節制，自己的生活俸養要節儉廉潔（其取下節，其自養儉）。」這是作為一位賢君最基本的需求，也就是說除了要知人善用外，更要克己養儉，要體恤民瘼，節制徵歛，做不到這一點，根本談不上成為賢君。

晏子接著說：「在上位的人，不要欺淩下屬，掌管治權的官員，不要輕慢窮困的百姓（在上不犯下，在政不傲窮）；縱容邪惡坑害善良的人要治罪，進諫施政好意見，指出為政者過失的人，要給予獎勵（從邪害民者有罪，進善舉過者有賞）。」這句話的意思就是說，有權的人對權力的使用要知所節制，而治民之要在於獎善罰惡，讓好人出頭，讓惡人匿跡。

又說：「賢君治理國家，對上位的人要嚴格要求，對下位的人則應適度寬容，寬赦犯錯的人，救助身處困境的人；不因為自己高興了，便加以賞賜，也不因為自己生氣了，便加以處罰（其政，刻上而饒下，赦過而救窮；不因喜以加賞，不因怒以加罰）；不要為了逞一己之私欲而使百姓辛勞，不要為一己的私怒，而危及國家（不從欲以勞民，不修怒而危國）。」晏子的意思是要掌握政治實權的人，嚴以律己，寬以待民；要能控制自己的情緒，培養好自己的ＥＱ應以大局為重，莫讓一己的喜怒哀樂影響整個社稷民生，危及國家的存亡與前途。

晏子總結道：「上面沒有驕橫的行為，下面沒有諂媚的言行；上面沒有自私的想法，下面沒有不當的職權；上面不藏汙納垢，沒有腐敗的官員，下面就沒有受饑挨凍的百姓（上無驕行，下無諂德；上無私義，下無竊權；上無朽蠹之藏，下無凍餒之民）。」如果能夠這樣，做到「不事驕行而尚司（上級不做驕橫之事，而下級能夠服從上級）」，那麼百姓就能安居樂業，彼此相親相愛，這就是賢明的君主，治理國家應該要做的事情。

晏子的這席話，我們不知道景公當時聽進去了沒有。其實晏子的這一番話，並沒有什麼驚人之語，也沒有什麼不傳之祕，他主要是在提醒齊景公要摒棄自己的私欲，去除自己的私見，控制自己的情緒，以百姓之苦為苦，百姓之樂為樂，節制自己的權力，用一種包容的態度採納建言，同時也要賞罰分明，不因一己之喜而加賞，也不因一己之怒而加罰；不因一己之欲而勞民，也不因一己之怒而危國；任賢用能，從公去私，上無驕行，下無刁民，就會達到「其民安樂而尚親」的境界。

遺憾的是，自古以來，「知道者多，行道者寡」，尤其自從西風東漸，所謂的「社會菁英」人士，高擎「民主、自由」的大旗，大肆宣揚政黨政治，於是黨爭猖行，政黨各為己謀，只問黨利，不問民利；只問黨權，不問民權；黨與黨之間，水火不容；為了能夠執政，各黨無所不用其極；為了選舉，言行不論是非，但求譁眾；施政不談對錯，只求取寵；誰又能顧得了人民的大利與國家的安危？

古書重讀確實有無限的感慨。或許不少人已將古人的著作與智慧視為糟粕而嗤之以鼻，但不管如何，政治人物要成為名傳後世的政治家，第一要務應該是自修！自修就是自我反省、自我修正、自我充實、自我昇華、自我超越，真的十分期待我們的國家，有這麼一群政治家的出現。

君子和而不同

景公出遊於公阜，北面望睹齊國曰：「嗚呼！使古而無死，何如？」晏子曰：「昔者上帝以人之歿為善。仁者息焉，不仁者伏焉。若使古而無死，丁公、太公將有齊國，桓、襄、文、武將皆相之，君將戴笠衣褐，執銚耨，以蹲行畎畝之中，孰暇患死？」公忿然作色，不說。

《晏子春秋》的這段話很有意思，真是講到一般人的心坎裡了。「樂生畏死」是自古以來人們對於死亡，都心存畏懼，尤其有權有勢的人，對於生命的棧戀更甚於一般平民百姓，當然更甚於為溫飽而忙碌的貧苦大眾。

「欲望」這東西，相當讓人莫測高深。貧窮者的欲望不如小康者；小康者的欲望不如富貴者；富貴者的欲望不如公侯者；公侯者的欲望不如帝王者。物質愈豐，所欲愈大，權位愈高，所要也愈高。物質享受的有無與權位的高低，似乎與欲望的大小成正比，證之古今中外，無不皆然。

景公是齊國的君王，吃有山珍海味，穿有綾羅綢緞，住有巍峨宮院，行有車馬輦轎，後宮妻妾成群，隨護侍從一呼百諾；喜，能令人生，怒，能令人死；統攝萬民，號令天下，生在王侯之家，身而能當一國之君，理應足矣，但景公並不作如此想，他仍想要永坐王位，永攝萬民；祈想永生，永享富貴。所以才會在登山遠眺，俯望齊國大好江山時，戚然慨歎地說：「唉！假使自古以來就沒有死亡，那該是多麼快樂的一件事啊！」

人終難免一死，古今皆然。可是自古君王總想永遠君臨天下，總想永生不死，齊景公如此，其後的秦始皇如此，更後的唐太宗，亦復如此。可見樂生厭死，人之所欲，尤以享盡榮華富貴，位極人君者，在集富貴權位於一身之後，就想要壽與天齊了。

齊景公的戚然慨歎引來了旁邊大臣晏子的一番議論。晏子說：「一直以來上蒼都認為死亡是件好事。因為死亡可以讓好人得到安息，讓壞人停止作惡。」又說：「如果自古就沒有死亡這回事，那麼丁公、太公將會永遠作齊國的君王，而桓公、襄公、文公、武公都只能成為輔佐君王的大臣，這時候君王您恐怕只能頭戴斗笠，身穿粗布短衣，拿著鋤頭，在田裡辛苦地為溫飽而忙碌，哪有時間憂慮死亡這件事呢？」

晏子這番話非常俐落，非常直接，也非常入情入理，但當時景公的心情悲感交集，晏子不但沒有同聲戚歎，還出言直諫，確實是件非常掃興的事，齊景公當然不悅。

無幾何而梁丘據御六馬而來。公曰：「是誰也？」晏子曰：「據也。」公曰：「何如？」曰：「大暑而疾馳，甚者馬死，薄者馬傷，非據孰敢為之！」公曰：「據與我和者夫！」晏子曰：「此所謂同也。所謂和者，君甘則臣酸，君淡則臣鹹。今據也甘君亦甘，所謂同也，安得為和？」公忿然作色，不說。

作為一位諫臣，晏子算是敢諫敢說的了。當齊景公寵臣梁丘據駕著六匹馬拉的車子遠遠地狂奔而來時，景公問晏子：「來人會是誰呢？」晏子說：「是梁丘據。」景公說：「你怎麼知道？」

晏子說：「在大熱天馬車飛速奔馳，重者馬會累死，輕者馬會累傷，不是梁丘據，誰敢這樣做呢？」梁丘據是景公的寵臣，晏子表面是衝著梁丘據而說，實際上是暗指齊景公太過寵信梁丘據了，讓梁丘據有恃無恐、膽大妄為，如果換是其他的大臣，誰敢如此放肆。

景公是聰明人，當然聽得懂晏子話中有話。於是轉移話題說：「梁丘據很貼心啊，和我很相和啊！」這應是景公的真心話，因為梁丘據確實最能迎合景公的心意，附和景公的想法。

對於景公的這番話，晏子又大不以為然了。晏子說，梁丘據之於君王，只是迎合，只是苟同，而不是相和。真正的相和是：君說甜，則臣說酸；君說淡，則臣說鹹。現在梁丘據不分青紅皂白，迎合著君王，君王說甜，他就跟著說甜；君王說淡，他就跟著說淡，這樣是附和，是迎合，是苟同，怎能說是相和呢？「相和」是臣子真心直諫，君王虛心接納，君臣發揮互補作用，減少君王的缺失與誤判，而不是一味苟同附和，「同」和「和」，本質上還是不同的。

這兩則故事，給了我們兩個啟示：一是人最終難免一死，這是上天的好意，「它能讓好人得以好好地休息；讓壞人不再為非作歹。」這樣看來，死亡與其說是一件可怕的事，不如說是一件各得其所的好事，況且有生必有死是大自然的法則，如果只有出生，沒有死亡，這個世界會變成什麼樣子，豈不是更恐怖？所以，我們要有正確的生死觀，要正向地面對死亡，認識到死亡給舊的生命關上一道窗，同時也給新的生命，敞開一扇門。

第二個啟示是：一般人都把「同」與「和」混為一談。「同」是苟同，是附和，是迎合；「和」是相和，是中和，是互補。所以，晏子才會說「所謂和者，君甘，則臣酸；君淡，則臣鹹。」換句話說，作為國家領導人的幕僚，要敢於實話實說，不能一味苟同、迎合、附和，讓領導人溺於偏聽，誤判形勢，這也就是孔子所說的：「君子和而不同，小人同而不和。」的道理吧！作為國家領導人的幕僚，也理當如此吧！

臨國蒞民，所患何也？

《晏子春秋》裡講了這麼一則故事：春秋戰國時代，齊國景公在位的時候，齊國下了三天的大雪，而天氣仍然沒有放晴的跡象。齊景公披著白狐皮草做成的大衣，坐在殿堂邊的台階上，欣賞著白雪皚皚的大地。

這時齊國大臣晏子晉見景公，景公對他說：「奇怪，下了三天的大雪，為什麼一點都不覺得冷呢？」

晏子聽後，有點難過，也有點無奈地說：「真的一點都不覺得冷嗎？」景公居然一點反思也沒有，對晏子點點頭笑了笑。

當然，晏子更難過了，他不客氣地說：「我聽說古代的聖明君王，自己吃飽了，還知道有人民在挨餓；自己穿暖了，還知道有人民在受凍；自己安逸了，還知道有人民為溫飽而辛勞工作。現在，這些，君王您都不知道了啊！」《晏子春秋》的原文是：「嬰聞古之賢君，飽而知人之飢；溫而知人之寒；逸而知人之勞。今君不知也。」

言下之意就是說，你是一國君主，高居廟堂之上，不僅能遮風避雪，溫暖舒適，而且，穿，有狐皮大衣；吃，有酒肉美食，閒來無事，還可以悠然自得坐在宮庭外欣賞銀妝玉琢的雪景，過著安逸的生活，但平民百姓呢？他們在大雪紛飛的嚴寒天氣中，衣單被薄，受凍挨餓，過著朝不保夕的生活，他們為了生活，還要在酷寒的氣候中，外出辛苦工作，而景公，您不但不能苦民之苦，痛民之痛，不僅吃飽穿暖，不必為生活憂愁，更不能體會貧窮老百姓在嚴寒冬天受苦受難的困窘處境，卻還說：「下了三天的雪，怎麼不冷？」

作為齊國大臣的晏子，本來就有輔佐君王的責任與使命，他的敢說、敢諫，在中國的歷史中確實少見。所幸，齊景公對這位甚為倚重的大臣，非常尊敬，所以對晏子的諫言，還能虛心反省，即時採納。

因此景公聽了晏子的這番話後說：「好，我聽懂您的意思了。」於是命人開倉賑濟，拿出衣物和糧食，發給貧窮的家庭與受饑受寒之士，並規定不管是哪一鄉，哪一家，只要是貧困的，即使有工作，發給兩個月的糧食；沒有工作並且有病的，則發給兩年的生活物資。

這件事傳到孔子的耳朵，孔子讚歎地說：「晏子真能表達他的想法，而景公卻也能採納諫言，做他應做的事啊！」

孔子是不輕易臧否人物的，此事既能獲得孔子的好評與肯定，當然也就可以成為春秋戰國時期政壇上的美談。

這故事是發生在二千多年前，二千多年過去了，世代不斷興替，時光不斷推移，人類社會也從二千多年前的君權時代，演進到現在的民權時代了，但對老百姓的關心與照顧，不知是否也因二千多年來人類政治思想的演化而演化呢？

《晏子春秋》裡又有這麼一則故事：

景公問晏子曰：「臨國蒞民，所患何也？」

晏子對曰：「所患者三：忠臣不信，一患也；信臣不忠，二患也；君臣異心，三患也。是以明君居上，無忠而不信，無信而不忠者，是以君臣同欲，而百姓無怨也。」

這則故事翻成現代的語言，就是：景公問晏子：「治理國家，統治人民，所應擔心的是什麼？」晏子回答說：「所應擔心的情況有三種：第一種是忠臣不被信任；第二種是被信任的臣子不忠；第三種是君臣不同心。因此英明的君主，高居上位，沒有忠臣是不被信任的。也就是說，所有的忠臣，都被信任；沒有被信任的大臣，不是忠臣。也就是說，所有被信任的大臣，都是忠臣；君臣同心，目標相同，想法一致，言行一致，就不會政出多門，朝令夕改，百姓就不會無所適從，當然就不會有怨言。」

其實《晏子春秋》的這兩則故事，無非在告訴我們管理眾人之事是一種實踐，也是一種藝術，同時也在闡述一個民主政治的核心思想，那就是：「民之所欲，長在我心。」意思就是說：一個國家領導人，所有施政與作為，都應該把百姓的利益放在心裡，以百姓的利益為依歸。

而治理國家需要有一個龐大的團隊，這個團隊的每一成員，意志必須凝聚，目標與想法必須相同，領導人與幕僚之間，彼此必須互信，強弱必須互補，更重要的是：各部會主其事的官員必須深入民間，走入群眾，親自了解民瘼，知曉民意，才能針對民之所需，形成決策，發揮強國福民的施政效能。

當然，民主時代和封建時代，政治的理論和思想，已經不能同日而語了。在民主時代的今天，政黨政治已經被視為天經地義的事了，但大家只看到政黨政治常態運作時的好處，沒有看到政黨政治劣質運作時，相互對立，彼此衝突，造成社會動亂，國力削減的壞處，東南亞諸國所產生的政治亂象，都值得我們省思，都值得我們引以為鑑。台灣正處於政經發展何去何從的十字路口上，國家領導人或政黨領導人如果不能摒除一人之利、一黨之私，朝野不能一心為民，一意為國的話，台灣的明天在哪裡，著實令人悲觀。

一條名江大河的莞爾與悲鳴

世界五大洲，每洲都有極富傳奇的名江大河。

名江大河所以極富傳奇，除了文人的盡情雕塑，眾人的不斷口碑外，絕大部分來自於名江大河的源遠流長與其靜能汩汩細流，動可洶湧澎湃的那種穿越古今未來，流經高原荒漠，禁得起時間的千錘，受得了空間的百鍊之亙古恆流的本質，加上所經之處涵養無數生靈，生養無數百姓，就這樣，江的名氣，河的傳奇，千百年來廣受人們所歌詠與傳頌。

「黃河之水天上來」，這是詩仙李白對黃河的歌詠；「滾滾長江東逝水，浪花淘盡英雄」，這是無數百姓對長江發自內心的傳唱。世界上不管是中國的長江、黃河，東南亞的湄公河，中南美洲的亞馬遜河，非洲的尼羅河，印度的恆河，或歐洲的萊茵河，總之，世界上高山林立，河川縱橫，除了人們朗朗上口的幾條名江大川之外，區域性的江河不知凡幾，每條河都有她值得唱誦之處，每條河也都有她代代相傳的傳奇，因為她們就像大地的母親，哺育著無數生靈。

對東南亞國家來說，沒有那一條河能比湄公河對他們來得重要。這不是因為湄公河縱橫貫穿了緬甸、寮國、泰國、柬埔寨與越南等五個國家，而是這條河流自世界屋脊的青藏高原雪域，不遠千里而下，也不是因為她看盡了歷史興衰，歷經了人情炎涼，看多了生離死別，見證了物換星移，而是她用生命哺育著生靈，用活力締造了文明。就如孔子所說的「逝者如斯夫，不舍晝夜。」她不分種族，不分國度，不捨晝夜、無畏時空，總是無怨無悔，提供了她千百年來所有的養分。

湄公河是國際性的河流，所以湄公河這個名字就成為國際性的名字。但在中國，她叫瀾滄江，因為瀾滄江是湄公河的上游，瀾滄江流入緬甸後，就像孩子過繼給別人領養，從此更名改姓為湄公河了，由於湄公河為五國所共有，於是湄公河的名氣比瀾滄江響亮得多。

人總是有一股追根究柢的精神，也有一股探測未知險境的衝動。大家都知道湄公河的上游是瀾滄江，而瀾滄江的源頭又在那裡？這個問題似解未解，因為百餘年來儘管「瀾滄江探源」的隊伍接二連三，但各有定見，難獲共識。或許是因為見解不同，也或許是因為定義不一，或許是因為科技不足，或許是因為水域變化不羈，各自的結論總是有所差異。現今拜太空科技之賜，衛星空照一覽無遺，遙感探測準確無比，雖然如此，解析判讀終究還需依靠人的智慧與親證，於是另一支尋找瀾滄江源頭的隊伍開拔了。

他們就是由香港中國探險學會會長黃效文所率領的「瀾滄江源頭考察探險隊」，這支由各方專業人員所組成的隊伍於今（二〇〇七）年五月出發，藉助嶄新的太空衛星科技，加上親身登臨證實，企圖為眾說紛紜的瀾滄江源頭作出一個人人都能信服的定論。

探險需要毅力與勇氣，考察需要專業與智慧，這支身經百戰，曾經探察過長江源頭的「瀾滄江源頭考察探險隊」，雖然想揭開瀾滄江源頭的神祕面紗，也想解答眾說紛紜的瀾滄江源頭之謎，但大自然，本來就是自然而然，不能用言說，也難以臆測，探險雖然能夠滿足人類追根究柢的好奇與慾望，但那不是最終的目的，最終的目的是要人類體悟大自然「無說不說，無相不相」的本懷與了知宇宙萬物之所以形成、流變與存在的意義。至少在這一點上，這支考察探險隊做到了，因為這次雖然未能如預期地將瀾滄江源頭定於一尊，可是誠如黃效文先生所說的：「爭議就這麼地持續下去，恰恰讓我找到了一個再探湄公河源頭的正當理由，或許湄公河的情況正好可以讓人學著接納二元或多元的源頭理論，畢竟生命中的一切事物都以某種方式連結在一起，它們不是靜止不變動的，也不能單獨成立。」

沒錯，大自然不是靜止不動的，也不能單獨成立。滄海桑田，經過大自然的不斷變動，誰能斷言今日的源頭，即是過去的源頭；而明日的源頭又是今日的源頭呢？「因緣所生法，我說即是空」，無常就是大自然的祕密，探險家們就在探險的歷程中見證了「無常」。

由於湄公河流經緬甸、寮國、泰國、柬埔寨與越南等五國，加上湄公河上游的瀾滄江在中國境內，我們把這條蜿蜒四千九百零九公里，哺育六千萬人口的江河所流經之處的自然景觀、人文歷史、風土民情、族群生聚等做了田野調查與深入採訪，連同瀾滄江探源的本末與探險的艱辛歷程，編撰成書，定名為《山川活水：瀾滄江與湄公河》。我們雖然沒有告訴讀者瀾滄江源頭定於何處，但我們告訴了讀者，凡事因緣起，因緣生，因緣成，因緣滅，所有的存在都發端於微毫，名川大江看似洪流滾滾，其實亦發源當初的卑微一滴。一滴水因緣起了，眾滴水會聚而江河雛形生了，流經之處眾水匯入，滾滾江河於焉成了，等到舍陸入海，名川大江完成了她的因緣歷程了，這就是宇宙萬物，「生、住、異、滅」的道理。

湄公河歷經了生、住、異、滅的自然歷程，也見證了歷史興衰，人事代謝，人性善惡，萬物枯榮與人情冷暖的各種分合變局，湄公河流域的各個民族，興衰固然有起有落，時空儘管物換星移，但千百年來仍然緣起緣滅，生生不息，這完全是由於湄公河無私的滋養和無悔的哺育。中國人把黃河看成大地的母親，湄公河又何嘗不是哺育著六千萬人的大地母親呢？

這位母親歷盡滄桑，見證了人類的美善，也見證了人類的愚痴；見證了民族的繁盛，也見證了民族的相殘，人類隨著文明而變遷，大地的母親隨著時空而衰老。但無論如何，不管她開顏莞爾也好，悲愴嗚咽也罷，湄公河總是為滋養生靈付出青春，為哺育子民付出生命。《山川活水》這本書由《經典》雜誌出版，就是想為湄公河做出一生流變的概括與對沿河流域滋養哺育的階段性總結吧！

值得一提的是，《經典》總編輯王志宏也是這次「湄公河探源考察探險隊」的成員之一，他不僅用生命履勘了湄公河上游瀾滄江的雪域源頭，用文字報導了所見所聞與所思，更用鏡頭生動地記錄下山川之壯麗，生命之堅韌與人文之豐饒，為本書增添諸多的可讀與可看性。而《經典》的編採同仁經年累月，奔走於湄公河流域諸國，進行深度採訪，做到無處不真、無處不善、無處不美的自我要求，實在難能可貴，特別是香港中國探險學會會長黃效文先生對《經典》一如以往的鼎力支持，特此一併致謝。

＊本文為《山川活水：瀾滄江與湄公河》一書序文。

大海湧出的粒粒珍珠

自古中國人對海島就有很多的遐思，只因古代海運交通並不發達，一般人對遠隔海域的嶼島，既陌生又神祕，總覺得在海島上生活的人，不是化外之民，就是海上神仙。於是許多古代的神話傳奇，涉及所謂海外仙島，或縹緲鬼域的比比皆有，更增添了古人對茫茫海外孤島的豐富想像力。

譬如唐朝白居易的〈長恨歌〉裡就有：

忽聞海上有仙山，山在虛無縹緲間。

樓閣玲瓏五雲起，其中綽約多仙子。

可見海上仙山，成了古代文人創作的題材，靠著他們的豐富想像力與生花妙筆的文學創作力，寫下了不少的詩歌與傳奇。

時至今日，民眾對海島與陸地的分布和地理的形成與演變的認知，有了越來越多的了解，海島的神祕面紗，一層一層地被揭開了，過去被視為神聖不可侵犯的島嶼，神祕敬畏之感不再了，過去帝王屢屢派人到海外仙山尋找長生不老靈丹妙藥的動機與舉措也不見了，代之而起的是對海島的歷史定位與地理戰略的重視與爭奪。

尤其在海上探險與殖民主義盛行的年代裡，歐洲殖民帝國到處尋找海外獵物，對那些一向自成文化體系的海島之國與一向據地為王，自成歷史的陸地洲邦，採取了以武力占領為前驅，以經濟掠奪為目的的策略，進行噬血性的攫取，許多以前不為人知的海島，一一在殖民帝國的船堅砲利下被奴役，原本是「海上一樂園」的碧海藍天島嶼，成了腥風血雨的戰場，最後成為列強瓜分圈拳的殖民屬地，從此海上仙山，變成了人間煉獄。

二十世紀以後，殖民地主義逐漸瓦解，代之而起的是民族主義的崛起與民主主義的盛行。許多海島紛紛脫離殖民帝國的箝制而獨立了，於是島國如雨後春筍，紛紛成為擁有自己的主權，享有自己的資源，決定自己何去何從的國家了。

同時由於國際海洋法的制訂與規範，許多領土內擁有島嶼的國家，過去可能對這些地處邊陲，又與本國陸地遠隔的蕞爾小島不甚重視，但現在基於政治、經濟與國家安全等理由，也開始對過去「食之無味，棄之可惜」的島嶼進行苦心經營了。

甚至對於原本無人重視的珊瑚礁構成的無人小島，也紛紛宣稱擁有主權，藉以擴張自己的海域，偏處海角一隅的大小島嶼，突然之間，變得炙手可熱了。

《經典》的編採群，動用了巨大資源，花費了二年半的時間，走訪了世界上各大小島國與島嶼，目的並不是在為殖民帝國重溫歷史舊夢，也不是在為島上的住民拭去不堪回首的斑斑淚痕，而是見證與探討在殖民帝國鐵蹄蹂躪後的島國或島嶼，在貪婪的重商主義與高度工業化後所造成的氣候異常變遷下，他們所處的險境，與如何面對挑戰所採取的一系列因應之道及其艱辛的奮鬥過程。

書名為《島國．人嶼》大島系列，其實是分《島國》、《人嶼》兩冊出版。這樣的一本系列探索書籍，很容易被誤認為是旅遊介紹之類的叢書，所謂「內行看門道，外行看熱鬧」，事實上，《經典》出版的《島國．人嶼》絕不能與浮光掠影、走馬看花、介紹景點的旅遊類叢書相提並論。這不僅是因為《島國．人嶼》，每一張圖片，每一個章節，每一項陳述，甚或每一個觀點，都有我們深邃的思想與哲學作支撐，而且也都是我們編採團隊的親歷、親訪、親見、親證的心血結晶。他們渡重洋，涉蠻荒，入雨林，踏險境；訪耆老，尋專家，從島嶼的歷史演變、生態特性、物種繽紛、人文特色、經濟發展，到他們所面臨的困境與挑戰，所做出的努力與貢獻，都一一詳實地採訪記錄，讓讀者對書中各大小島嶼都能有全面性了解，全方位認知，呈現出世界各大島嶼的廬山真面目，確是一本圖文並茂，理事兼俱的絕佳讀本，也是了解世界各大島嶼的最寶貴指南。

地球上海島的分布從北極到南極，像上天遺落的珍珠，零星地點綴在大大小小的海洋上，它們除了具備物種的豐富性外，更具備了生物的多樣性，人文的獨特性，歷史的悲壯性和生態的原始性。也正因為如此，才更顯得它們的珍貴與不同，也由於有它們的點綴，才讓世界更顯得繽紛與多姿。

因為各島嶼所處的地理位置不同，境遇與生存方式也迥然有異。從極寒的冰島，到極熱的巴布亞紐幾內亞島，從極先進的英國、日本，到極原始的西巴布亞，從欣欣向榮的新加坡到岌岌可危的馬爾地夫，從綠意盎然的紐西蘭到整裝待發的東帝汶；從古老王國的大不列顛到堅持做自己的愛爾蘭等都成為《島國》的聚焦所在。

而《人嶼》書中各島的繽紛絢麗也不遑多讓，如極地的格陵蘭，神話之地的克里特島，石油致富的汶萊，源能之地的塔斯馬尼亞，翠綠寶庫的婆羅洲，當然還有北海道、庫頁島，與大家耳熟能詳的香港、澳門、巴里島，以及鮮為人知的加里曼丹、珊索島等都非常引人入勝，值得品讀再三。

《經典》用了二年半的時間，動用了文字記者與攝影記者多人，斥資數百萬，訪問與探索了十一個島國與十二個島嶼，用意無他，旨在喚起大家對生態環境的重視，對海洋與島嶼的珍惜，進而了解人類任意揮霍大自然的恩賜之後，所面臨的危機與省思。如果讀者能從本書中得到些許的啟示與體悟的話，就是本書出版的最大欣慰。

近世紀以來，全球氣候變遷，部分島國與島嶼已面臨沉沒消失的威脅，這些島國與島嶼的生靈何去何從，我們能無動於衷？地球只有一個，人類同住在一個地球的屋簷下，鄰居淹水了，我們能夠倖免於難？隔壁著火了，我們能不被波及？每個國家或地區，都是生存在同一個地球的鳥巢裡，覆巢之下，豈有完卵？人類工業化之後所引起的地球危機，已步步逼近，我們能不相互關懷，共思對策？

台灣也是一個海島，或許生活在台灣的人，還沒意識到台灣在全球氣候變遷下所受到的嚴重威脅。但他山之石可以攻錯，看到其他島國面臨即將沉沒消失的困境，我們還能依然故我，置生態問題於不顧？人類的未來是禍是福？羅列在海洋上的諸島未來是沉是浮？或許當您閱讀完《島國》、《人嶼》後，能從中找到答案吧！

＊本文為《島國．人嶼》系列套書序文。

「大道」之行也，天下「唯功」？

西諺云：「條條道路通羅馬。」這是形容當時羅馬的繁榮與強盛，各方人馬都可以從四面八方來朝，所以這句話的用意不是在說道路有多方便，而是在說羅馬有多昌盛。

十餘年前的中國大陸，車行之處，不難看到路邊或牆上的大字標語：「要致富，先開路。」這是中國急於想富強，而開築道路正是國家發展經濟的必然，所謂「地盡其利，物盡其用，貨暢其流」，道路就是貨暢其流的平台通道。所以，這項標語的訴求重點就是「致富」，而開路只不過是致富的手段。

如果我們把西方「條條道路通羅馬」的諺語，與東方「要致富，先開路」的順口溜鎔鑄於一爐後，再提煉成：「條條道路通繁榮」，或許較可以一窺開路的動機與其最後想追求的目的了。

沒錯，如果把一個國家比作一有機體的話，道路就像一個國家的血管，負責將新陳代謝所需的養分運送全身，發揮生生不息的功能。大家都知道，血管遍布人體全身，是我們身體機能最忙碌的器官之一，它分分秒秒都在運輸著我們賴以維生的血液，它的脈動就象徵著生命的生息，而脈動的強弱急緩，就象徵著我們健康的品質與疾病的有無。

道路對於國家，正如血管對於我們的身體一樣，通常一個先天不足、後天失調的貧窮落後國家，都是由於道路未開，關山阻隔了交通，不便封閉了村落，國家發展的步調與脈搏的跳動緩慢了、微弱了，當然經濟也跟著落後了、停滯了。因此，任何一個想要有所作為的政府，都想方設法大興土木、大開道路，加速產業的連結與國家脈搏的跳動。

其實，開山闢路不一定是「強國富民」的萬靈丹。就像習武的人刻意想打通任、督二脈，並不一定就能讓武功突飛猛進一樣。適當地開路，固然有其必要性，但如果純粹為開路而開路，為圖眼前近利而開路，結果不僅山河大地受破壞，生態環境受威脅，甚至不該開的路開了，不該挖的山挖了，不僅會斲喪國家的元氣，斷送大自然的生機，就如同練武的人過度躁進，反而容易走火入魔，危及生命。

台灣的開拓史，無異是一部台灣的築路史。而每一條路的開發完成，又無異像一支強弓射出的利箭，將兩個或兩個以上不同的地域，緊密地射穿在一起。就整體經濟發展來說，或許這是必要的善，但就敬畏大自然的正當性來說，這就是不必要的惡。

《經典》為對台灣主要幹道在台灣開發過程的功過，做一番巡禮與檢視，經過周詳的企畫，動員多位文字記者與攝影記者，不辭辛勞，跋山涉水，經過多年一步一腳印，抱持著苦行僧朝聖的心態，將十一條重要省道，做了全面的探究、檢視與完整的報導，從二〇〇六年起在《經典》陸續刊出，直到今（二〇〇八）年二月全部刊載完畢。

現在，《經典》更進一步將兩年來對這十一條省道的報導做了彙集、補充、整理、設計與編排，完成了《台灣脈動》一書，這對想要了解台灣發展歷史的人，提供了非常寶貴的資料。人們說：「凡走過必留下痕跡」，事實上應該是「凡留下痕跡必走過」。書中尋跡覓史，當然還記錄了不少縣市鄉鎮珍貴而逐漸湮滅的耆宿口談心記的軼聞逸事。

台灣蕞爾小島，高山多，平原少，中央山脈縱貫南北，橫隔東西。不論從高空鳥瞰，或從海洋遠眺，台灣四周海岸碧藍，島上地形高低有致，林木蓊鬱蒼翠，堪稱「美麗之島」而無愧。

諺云：「路是人走出來的。」的確，過去台灣古道，都是先民披荊斬棘，用雙腳來來回回，走出來的。如果我們有幸走在這些古道上，我們會驚訝於先民們的毅力與勇氣，他們用血汗走出了道路傳奇，用道路傳奇開創出生氣勃勃的生機。先民們不僅苦心地把路走出來了，也毫不含糊地把好山好水留下來了，他們走出了發展的艱辛，也留下了沿途生態的完整。

現代的人早已不說「路是人走出來的」了，他們會說：「路是開鑿、爆破、挖掘出來的。」不這樣說，似乎無法顯現「人定勝天」的神奇；不這樣說，也似乎無法形容政府的豐功偉績。事實上，現代的道路也確實是用火藥的威力爆破與重型機械的堅牙利爪，對好山好水毫不留情面地開腸破肚而建築完成的，為了滿足人類的私慾，大自然無奈地付出慘重的代價了。

平心而論，如果確實為了發展所需，不得不為的鑿山開路，或許還情有可原，但如果只為了政治酬庸，只為了兌現對選民的承諾或標榜任期內的建設政績，為鑿山而鑿山，為開路而開路，讓好山好水傷痕累累，讓水脈不斷被斬斷，讓高山不斷被挖空，讓水土不斷被破壞，讓林木不斷被砍伐，讓青山不再綠，讓澗水不再藍，讓人與大自然不再貼近，那麼這樣的過錯與罪愆就不可原諒了。

我們當然了解：台灣經濟的快速成長，跟道路的開發密不可分，但我們更加了解：台灣近數十年來，土石流的日益嚴重，水資源的日益匱乏，生活環境的日益惡化，也與政府喜歡「逢山開路，遇河搭橋」的過度開發，有著因果循環的關係。如果我們從空中俯瞰台灣的道路，說好聽一點，是縱橫交錯，星羅棋布，忙碌非凡。但說得難聽一點，台灣秀麗的面貌像被千割萬剮一樣，花容失色，面目全非。

儘管台灣的許多重要幹道曾為台灣創造了不少財富，也為台灣寫下了諸多豔麗風華，但相反地，台灣也有不少道路，像一刃利劍，長驅直入，直刺台灣地理的命脈，所經之處，重傷了不少鄉鎮的生息，摧殘了不少地方的人文根基。道路有時可以為偏遠鄉鎮或山區帶來經濟上的利益與交通上的便利，但也嚴酷地帶走他們祥和的寧靜與其賴以自豪的傳統人文。同時，許多偏遠鄉鎮與山區的年輕人因交通的便利而走出去了，留下的，除了稚子與老人的嘆息之外，就是一片了無生機的土地。

山區部落的繁盛不再了，小鎮的風光資源枯竭了，原住民的部族文化被重創了，悠久而彌足珍貴的傳統被瓦解了，神祕而浪漫的神話傳說被遺忘了，道路所經之處，大自然的資源被吸盡榨乾了，嘹亮歌聲響徹雲霄的樂土不見了，留下的就只有淒風與苦雨了。

究竟台灣還要不要藉口發展經濟之名，繼續開山築路？還要不要藉口繁榮地方，繼續對大自然予取予求？還要不要貪圖交通的一時之快，繼續對我們的山水摧枯拉朽地破壞？這些都是我們必須面對的真相，必須加以審慎地抉擇與靜心地省考的課題。

台灣只有一個，子孫必須繼續生息繁衍。台灣的美麗是上蒼給予台灣人民的恩賜，難道我們能無視於上蒼的這項恩典嗎？大自然的美麗風光與台灣各部族的文化得天獨厚，舉世罕有，這才是台灣取之不盡、用之不竭的最有價值的資源，難道我們身懷至寶而不自知，還要自毀珍稀嗎？沒有錯，台灣不能沒有道路，但台灣也不需要多餘的道路。

對於台灣十一條主要幹道，我們已做了一次徹頭徹尾的緬懷，而每條幹道對台灣的發展所做出的貢獻，我們也不吝給予謳歌與讚頌，但對於台灣的未來之路，究竟何去何從，我們也不得不呼籲所有聲稱愛台灣的人，要慎思明辨再三了。《台灣脈動》一書，或許可以作為我們省思的參考，而這些道路的功過與興衰，或許也是照見台灣未來的一面鏡子吧！

＊本文為《台灣脈動：省道的築夢與築路》一書序文。

崩解年代中的危機意識

高爾（Al Gore）的《不願面對的真相》不僅為逐漸抬頭的環保意識，注入一劑更強的振奮劑，而且也為高爾贏得了諾貝爾和平獎的最高榮譽。

呼籲世人重視環保，不是始自高爾，而高爾卻因及時臨門一腳，引起世人對環保的高度重視，這是高爾的貢獻。但是，如果因此說：環保就因高爾的《不願面對的真相》而總其成，那就失之樂觀、不切實際了。

許多學者與科學家的研究都告訴我們：地球暖化已是不可逆轉的事實。在此同時，許多生物也面臨滅絕的危機，人類糧食更可能因為氣候變遷全面減產，跟隨而來的就是饑荒、就是爭奪、就是戰爭，整個地球將從此陷入天災人禍的高度的危機年代，人類的生存也因此面臨空前的浩劫和威脅。

或許有人認為這樣的論調是「危言聳聽」，並譏斥為「杞人憂天」；從偏安的心態上，我們寧願相信這樣的斥責是正確的。可是，從憂患意識的嚴謹態度看，如果人類確已進入了「危機年代」，如果科學家的「危言」不幸言中，我們還能用「危言聳聽」自我逃避？用「杞人憂天」自我蒙蔽？難道我們真的要「不願意面對真相」嗎？

假設，誠如科學家所說的，地球暖化的不可逆轉性是事實；假設，地球暖化的不可逆轉性，是由人類的無知和貪婪所造成，也確實是真相；那麼，解鈴還需繫鈴人，人類就應義無反顧，肩負起力挽狂瀾、減緩生態失衡的重責大任。

說到「人類」，感覺上好像僅僅是一個族群的名稱；感覺上好像跟自己毫不相干；感覺上好像人類是人類，自己是自己，兩者之間永遠扯不在一起，畫不上等號。所以，儘管我們承認，地球暖化是「人類的責任」，許多人又會說：那又如何？那並不是「我的責任」。這種把自己個人，自外於「人類」的心態，加深了我們對地球暖化漠然視之的態度；似乎地球之所以逐漸地崩解，生態之所以逐漸地惡化，是「人類」的責任，跟自己無關。

於是，地球暖化的罪魁禍首是「人類」而不是「我」，是那個叫做「人類」的群體，而不是我這個個體。於是，我們一方面詛咒人類的貪婪，一方面自己卻盡情的揮霍；一方面期望地球的病情能夠好轉，一方面卻又不斷加深地球病情的惡化。即使像高爾這樣關心地球的人，我們也不知道當他提出《不願面對的真相》之後，自己是否從生活上做了簡約的調整，在消費上做了有效的節制？還是一方面高喊地球的危機來了，一方面卻還大量地製造地球的危機，依然一如往昔，過著奢華的生活，進行著大量的浪費？

同樣的，生活在台灣的我們，總覺得巴西雨林快速消失，是巴西那個國家的事情，跟台灣有甚麼關係？美國高度工業所造成的嚴重汙染，是美國的事情，跟台灣有甚麼關係？北極冰河加速融化，是北極那個區域的問題，跟台灣有甚麼關係？甚或山區濫墾濫伐，使得中部地區造成嚴重土石流，那是台灣中部山區的事情，跟台灣北部有甚麼關係？蘇花高速公路開不開是花蓮人的事情，跟台灣其他縣市有甚麼關係？如此類推，或許我們也可以說，鄰居失火了，那是鄰居的事情，跟住在隔壁的我有甚麼關係？存有這種鴕鳥心態的人，不是自私就是無知。

中國有一句成語「牽一髮而動全身」，氣象學裡也有一個理論，叫做「蝴蝶效應」，或者也可說是「雪球效應」。一顆大雪球的滾落，可以造成一次毀滅性的雪崩；但那顆聲勢驚人的雪球，當它開始滾落之初，可能只是一顆微不足道的小石子，就是因為一顆石子的滾動，可能就是一次大雪崩的來源。從這種既微觀又宏觀的角度來看，誰又敢說巴西雨林的消失，所帶來的災禍，跟台灣無關？誰又敢說工業國家所造成的各種汙染，不會影響其他國家的呼吸環境？誰又敢說蘇花高一旦開鑿，可能帶來的災難，不是全台灣的災難？誰又敢說鄰居失火，跟住在隔壁的自己全然無關？

台灣充其量只不過是海上的一個蕞爾小島；表面看起來，地球暖化與氣候的急遽變遷，和台灣似乎無法放在一起，做密切的聯想。這是因為，我們總會覺得台灣太小了，小到對地球暖化這類議題，感到無能為力；而地球的暖化和氣候的急遽變遷，對台灣似乎還沒有構成立即而明顯的危險，所以我們就可以對這項議題視而不見，聽而不聞。事實上，我們固然不能像女媧那麼神通廣大，可以煉石補天，但至少我們可以為減緩地球的暖化盡一分心力；只要每一個人盡一分心力，就可以集群體的力量，達到補天的效果。這就是集眾人之力，便無異於女媧補天的廣大神通了。

《經典》用最務實的態度，對地球暖化這個天大的問題不誇誇其言，而是就台灣生態環境變化進行了高度的關切與調查。

依佛教的說法，成住壞空、生住異滅、生老病死，是物理界與生命界的自然法則和現象。地球從形成到現在歷經數百億年，現在似乎已開始進入「壞」劫階段了。

「壞」劫就是變異的開始，但「變異」的過程，還是遵循著「因果律」進行；如是因、如是緣、如是果，種甚麼因、結什麼緣、得什麼果，天網恢恢，疏而不漏。《經典》從大處著眼，小處著手，對我們所居住的台灣生態環境做一檢視與反省。徹底檢討為什麼台灣會風不調雨不順？為什麼台灣會生態急劇失衡？為什麼台灣的水資源會嚴重不足？為什麼台灣的乾旱會逐漸惡化？為什麼台灣的洪水會逐年加劇？為什麼台灣的各種汙染一波未平、一波又起？台灣未來的永續發展與環境保護又應如何取得平衡？而台灣身為國際社會的一分子，對世界的環保議題又應做出怎樣的回應與貢獻？這些都是值得我們深思熟慮、深自反省的課題。

減緩二氧化碳的製造，增加氧氣的產生，已成為二十一世紀的顯學；如何增氧減碳，又變成是身為世界公民一分子應盡的義務。《經典》針對台灣環保做一大體驗的同時，考察許多先進國家的作為，提出了一些有關增氧減碳的建設性意見。這些或許不是什麼靈丹妙藥，一夕間就能把所有的病根拔除；但這些建議，大致上猶能依病授藥，值得政府、民間，甚至每一個願意承擔責任的人的參考。

雖然暖化或許確是不可逆轉，但人心與人類的作為是可以轉化的。只要每一個人在生活態度做一點改變，在生活方式上做一些調整，地球的暖化就可以減緩，地球的發燒發熱就可以降溫。所以，其實挽救地球暖化的方法很簡單，只要人人能改變貪婪的心態，調整揮霍的生活態度，倡行簡約的生活方式就可以了。而改變人類貪婪的心態和揮霍的生活態度其實也很簡單，只要擁有少一點、享受低一點、消費節制一點、生活清淡一點就可以了。

由經典雜誌編輯出版的《島嶼生息：台灣環境調查報告》一書，是《經典》的年度大書。所謂大書，並不是指篇幅之大之多，而是指經典雜誌對這本書所下的心力之大、所花的時間與人力、物力之多而言；最重要的是指這本書的出版，所代表的意義之深之遠之巨而言。全書分兩大部：第一部「危機年代」，旨在喚起大家對地球逐漸崩解的危機意識；第二部是「把脈台灣」，針對台灣生態環境的五大危機進行把脈診斷，希望能在開發與環保的拉鋸戰中，取得平衡，為台灣的永續經營，找出一條新出路。或許這本書對台灣環境的調查，尚不夠全面與完整，但《經典》編採同仁長時間對台灣生態環境的田野觀察與問卷調查，已盡量做了全方位的努力，目的就是要真實反映台灣環保的現況與徹底找出台灣環境惡化的真相；期待能從真相中，尋出一條能夠讓我們所賴以生息的島嶼，生生不息的活路。

經典雜誌的這項具體行動，只是個開始，希望有更多關心地球暖化以及台灣生態環境惡化的人，一同加入減碳增氧的行列，從簡簡單單的克己節能，敬天愛地的日常生活做起；畢竟，簡約的生活才是自然的法則。要和這個美麗的島嶼共生共息，我們再也找不出任何理由再從她脆弱的身軀上開腸剖肚、予取予求了。

＊本文為《島嶼生息：台灣環境調查報告》一書序文。

貼近台灣溪河十二金釵

《川流台灣：福爾摩沙水經注》出版了，這是經典雜誌的另一鉅獻。或許過去我們曾經閱讀過有關台灣某條河流或某條溪水的介紹文章，但從沒有看過對台灣溪河做過這麼完整，這麼深入，這麼生動，這麼全面的記錄報導；因為要做到這樣的記錄報導，殊為不易，經典雜誌不惜動用大半編採部門的人力，在專業人士的嚮導與協助下，用耐心、決心、勇氣與毅力做到了。

本書對台灣十二條著名而有巨大影響力的溪河，做了全方位的考察，對每條溪河的源頭，做了詳實的踏勘。編採人員背著行囊，邁著沉重的步伐，逆水而行，溯溪而上，披荊斬棘，穿越急流，攀越高山；其間險阻重重，艱難處處，如果沒有決心和勇氣，沒有體力和毅力，實在很難完成這項過去出版界絕無僅有的使命。

經過一年半的跋山涉水，順著每條溪河的不同地域與環境，生態與屬性，編採人員與攝影人員密切合作，詳細蒐集記錄，盡情拍攝捕捉，於是一篇篇優美而生動的文字，一幅幅色彩飽滿，生態豐富，攝取不易的珍貴照片，讓《川流台灣：福爾摩沙水經注》這本書成為《經典》中的經典，讓每條溪河成為有生命，有思維，讓人悸動的名溪大川。

經典雜誌編採與攝影同仁的辛苦付出與專業貢獻，讓我們得以坐享其成，功不可沒，在此我們以一位讀者的立場，要對他們表達由衷的敬意與感恩。

凡是到過台灣的人，對台灣的自然景觀，總會驚為天人，總會驚呼一聲：「台灣江山竟然如此多嬌！」

沒有錯，台灣的美麗來自於它的山明水秀，高山壑谷突出了台灣的輪廓，溪河縱橫形成了台灣的秋波，台灣就是如此「眉清目秀」，就是如此

「鍾靈毓秀」地屹立在海上的一角。

也難怪十六世紀葡萄牙船員航行到來，乍見台灣時會脫口而出，驚呼：「Ilha Formosa！」「福爾摩沙」就是「美麗之島」的意思，當他們驚呼「福爾摩沙」之際，我們確知他們已航行數萬里，卻也難得看到這麼美麗的島嶼。

其實，台灣自古以來就宛若天仙似的，超塵於海上的一隅，也像孤芳的美女一樣，玉立於天涯的一方；直至十六世紀以後，西方殖民強權方興未艾，而海上霸權風起雲湧之際，台灣終於無可避免地陷入了多事之秋，成為列強爭逐的下一個目標。從此，不食人間煙火的仙子終於蒙塵，而宛如出水芙蓉的美女，平靜的命運終於起了波瀾。

儘管台灣的命運如此多乖，也無損於台灣的江河多嬌。生活在台灣的人，或想親近台灣、深入台灣的人，對於這多嬌的江河都應該要有多幾分的認識與了解。本書就是幫助認識台灣江河最好的圖鑑與指引。

「欲把西湖比西子」，這是中國宋朝詩人蘇東坡的詩句，他把西湖比喻成春秋戰國時代的大美女西施。西施天生麗質，所以「濃妝淡抹總相宜」。如果我們也把台灣比喻成玉立於海上的美女，那麼高山的翠綠，讓她多了幾分的靈性，而蜿蜒的溪河，讓她增添了不少嫵媚。我們常想，如果台灣缺乏名山大川的妝點，必然會失去幾分姿色，如果沒有溪河的靈動，就會失去幾分令人銷魂的婉約。

《川流台灣：福爾摩沙水經注》一書總共記錄了包括淡水河、頭前溪、大甲溪、烏溪、濁水溪、北港溪、曾文溪、二仁溪、愛河、高屏溪、秀姑巒溪、蘭陽溪等十二條台灣最重要的溪河。每條溪河，編採同仁都用親自登臨，實地踏勘的方式，探查出它們的身世與誕生，它們的足跡與行履，它們的生命與成長，它們的人文與氣質。風霜歲月雖然讓這些溪河時有劫難，也讓它們被迫做了不得已的變遷，但它們蜿蜒而下的無數刻痕，以及流經城鎮的起落興衰，都為台灣的富裕與發展做了不少的見證與貢獻。

「美人遲暮，英雄白髮」，這是人生的最大悲哀，台灣的十二條溪河，在人為與大自然雙重力量的折磨與削損下，已進入「美人遲暮」的堪憐處境了。

但遲暮的美人，我們可以讓她的風采留下餘韻，也可以讓她的風華留下精品，只要我們從今爾後細心撫慰，貼心關懷，精心打扮，台灣溪河的十二金釵，誰說不可能再現嫵媚，不可能再顯風華呢？

《川流台灣：福爾摩沙水經注》的確是一本能讓人一親台灣溪河十二金釵外在與內涵的好書。要認識台灣的自然景觀，一定要看這本好書；要了解台灣的風土民情，一定要看這本好書；要知道台灣的歷史發展脈絡，要看這本好書；要欣賞台灣的多嬌江山，要看這本好書；要貼近台灣的歷史人文，更要看這本好書。我們在這裡鄭重推薦！

＊本文為《川流台灣：福爾摩沙水經注》一書序文。

茶香中的幸福與夢魘

如果沒有慈悲心腸，怎麼可能關懷遠在天邊，鮮少有人過問的少數民族的健康情況；如果沒有堅毅果敢的智慧與勇氣，怎麼可能不畏辛勞，翻山越嶺，渴涉大漠，克服層層難關，完成一項撼古鑠今，發現病苦，拔除病源的醫學調研。湖南湘雅醫學院教授曹進就是這樣一個悲智雙運的人，他所領導的「磚茶型氟中毒調查救助」團隊，就是這樣一個悲智雙運的團隊。

對青藏高原與蒼茫大漠的牧民來說，「茶」幾乎是他們的生活良伴；酥油茶尤其像是他們精力的源泉，日常生活中如果缺乏了酥油茶，他們就會感到生命有著莫大的遺憾。

其實生活在雪域高原與川西藏地的少數民族，他們生活簡單，一生純樸。在他們的生活態度裡，茶酒的富足，就是幸福的表徵。他們對「快樂」兩字的理解與定義，從來就沒有複雜過，他們常說：「快樂，就是茶酒能夠輪著喝。」這就是雪域高原與大漠民族樂觀豁達的真性情，也是以天地為廬，以牛羊為伍的藏區牧民們知足常樂的真個性。

雖然茶給青藏高原與蒙古大漠的牧民們帶來生活上的莫大滿足，但也給他們帶來健康的隱憂。酥油茶中的過量氟含量，不知不覺地透過每天大量攝取，腐蝕著他們原本健康的骨頭，氟骨病成為他們家家戶戶，祖祖輩輩揮之不去的夢魘。

只要是到過青藏高原或蒙古大漠的人，只要是到過牧區並在牧民家裡做過客的人，都知道：牧民最熱情的待客之道，就是奉上一碗熱呼呼的酥油茶，他們似乎認為對來訪的客人，如果不奉上一碗濃郁香醇的酥油茶，就是對客人的大不敬，就是沒有善盡主人的責任。

對高原上藏族人民來說，茶不僅是他們生活的一部分，也是他們民族文化的一部分。在藏族文學裡，就有一篇〈茶酒仙女對言〉的作品，在這篇名作裡，茶自稱是西熱卓瑪仙女，她曾這樣誇耀地說：

我的長兄聚全樹，位居天上仙人界，
神仙盡享他施供。我的二哥菩提樹，
身在仙境多吉旦，菩薩眾人靠他生，
成道諸人為他依。小妹西熱卓瑪我，
文殊菩薩來運福，生身赤那仙境中，
葉葉廣做眾生事。三春頭道葉生時，
喇嘛大官來飲用，無上榮耀從此來。
三夏生長葉茂時，僧俗眾生來飲用，
眾誇味美樂融融，社會安穩少慾望。
三秋樹葉生熟時，阿若康巴來飲用，
皮膚白皙從此來，性格豪邁從此來。
尤為喇嘛僧人們，殊愛飲品惟是我。
喝我見智明記憶，增知又能樂善事。

我是飲品之中王，可謂除愚之榔頭，
可謂斷懶之鋸子，是顯福色之亮油，
不積一劫之功德，難能和我敘緣由。

從上述這段作品之中，我們確乎可以理解到，藏人對茶的推崇與喜愛，因為它不僅是供佛、供僧的聖品，更是凡俗民眾讚不絕口的飲中極品。喝了它不僅能「見智明記憶」，又能「增知樂善事」，是「除愚之榔頭，斷懶之鋸子」，不是累積很長時間功德的人，難以和他把杯續緣。

據説茶傳入青藏地區已有千餘年的歷史，不論神話傳説或正史記載，茶成為藏區民眾不可或缺的飲品已是不爭的事實。一杯杯濃郁的酥油茶，伴著一戶戶藏族家庭，開始嶄新生活的每一天。按照藏族人的生活方式，每天起床第一件事就是燒茶、打茶。因為傳統藏族的早餐，就是酥油茶和糌粑。即使到現在，居住在城市裡的藏族人食物的選擇變多了，或許有些人已不喜歡吃糌粑了，但還是很少有人不喜歡喝酥油茶。藏族喝茶的方式，不同於別的民族，別的民族是「泡」茶喝，藏民族是「熬」茶喝，這就形成了特色獨具的藏茶文化。

千百年來藏族喜歡喝的酥油茶，是由茶磚熬成茶後，再和酥油打成一片、融為一壺而成。磚茶是屬於黑茶，為全發酵茶，主要是以較粗老的茶葉及茶梗為原料，經過殺青、揉撚、渥堆、乾燥等手續的製作才完成。為了讓藏民人人喝得起酥油茶，磚茶的製作成本與售價的低廉就是關鍵。為了降低成本，壓低售價，磚茶所用的茶葉就更粗老了，內含的茶梗就更雜多了，製茶的過程就更粗糙了，於是廉價的磚茶氟含量就偏高了。加上藏族人民所喜愛的酥油茶，都是用燒煮熬成，隨著燒熬愈久，氟就釋出愈多，長期大量飲用的後果，就是氟骨症找上門了。

為了觀察雪域高原與大漠民族關節疼痛的病徵，並且深入藏區調研罹病的根源，尋思破解之道，曹進教授於一九九四至一九九五年間，帶領著湖南湘雅醫學院的研究調查團隊，深入四川藏區，以及甘肅、青海等地進行田野調查；一九九八年面對居高不下的發病率，深感調研應有更積極進行的必要性，再次提起行囊，跋涉高原進入藏北地區，針對病害，做更深層的研究。自此以後的十年間，曹教授多次進入雪域，對磚茶型氟中毒的研究從調查發現到研發低氟磚茶救助方案，他的工作從不停歇。

是什麼動力，讓身體一向不好的曹教授，甘冒禁不起高原氣候與高山缺氧的危險，一次又一次進入雪域大漠？是怎麼樣的使命，讓曹教授在缺乏奧援的艱難情況下，對磚茶型氟中毒的研究不屈不撓，永不放棄？是慈悲，是那股悲天憫人的襟懷；是大愛，是那股人傷我痛的柔腸。

在他的田野調查研究中，他寫道：

七十三歲的登珠老人正在十分吃力地劈柴，當他站立時，腰已呈二十度彎曲，雙腿呈「O」型，再也無法直立，也無法完成曲臂搭肩和下蹲動作。在他家的這頂帳棚內，犛牛皮是床，也是被，煙霧繚繞的地坑上熬著茶，一群喇嘛在誦經，我們看不清他們的面容，只有這悠長、低沈的誦經聲在昏暗、破爛的帳棚中回響……。

登珠老人是西藏牧民的典型，在七十三個歲月裡，登珠老人安分守己，善盡一個牧民的責任，也依循著千百年來藏民的生活方式生活著，但他的苦難並沒有因規規矩矩的生活而減緩，他仍然延續著祖祖輩輩身體病痛的苦難。為了證明老人的病痛與飲食有著密不可分的因果關係，曹進教授對登珠家所吃食物及飲用水，進行氟含量的測定，證實登珠老人每天通過飲用酥油茶和進食茶水拌製的糌粑所攝入的氟已達14.25mg，超過世界公認的氟中毒劑量（4mg/day）三倍以上，很明顯，磚茶中的高氟含量就是登珠老人祖祖輩輩病痛的罪魁禍首。

除了登珠老人外，戈吉（五十三歲）一家六口人的遭遇，同樣讓人鼻酸。曹進教授這樣寫著：

在這頂用犛牛毛織成的帳棚裡住著戈吉一家六口人，沒有床，沒有任何家具，看不到現代文明的任何痕跡，見到的只是一堆用石頭搭成的「灶」，上面熬著茶，犛牛繩上掛著一堆帶血的牛肉。一家人餓了，將青稞炒麵中摻進磚茶水，加些酥油捏成糌粑，就著犛牛奶茶和風乾的帶血生牛肉，就是一頓飯。

多麼令人動容的描述，多麼讓人不捨的生命。經過曹進教授的檢查，戈吉的肘關節變形了，手臂夾角呈六十度，曲肢摸臂困難，上舉肢困難，往後方無法摸到側肩胛骨，下蹲困難，所有的這些病徵，就是典型的氟骨病狀。

像登珠老人與戈吉家人罹患磚茶型氟中毒的人，在高原雪地與大漠牧區，比比皆是，顯示氟骨病對蒙藏牧民的戕害不容忽視。只有像曹教授這樣具有「人傷我痛，人病我悲」情懷的人，才會關注到藏民這種苦難。為何同是父母所生的生命，只因喝了廉價含氟量高的磚茶，就要受此折磨？曹教授不捨，曹教授所領導的團隊也不捨，我們聽在耳裡、看在眼中，更是不捨。幫助蒙藏牧民擺脫磚茶型氟中毒的夢魘，就成為大家共同的使命與責任了。

從一九九四年起到二〇〇七年，從二十世紀跨越到二十一世紀的「磚茶型氟中毒的醫研調查」及「慈濟援助西藏低氟磚茶計畫」，現在已暫告段落了，曹教授把這十三年來的調研成果與救助方案做了些總結，並完成了這本《磚茶解碼：青藏高原磚茶型氟中毒調查紀實》。從這本著作中讓我們見證了苦難，也見證了慈悲。雖然慈濟人文志業中心廣電媒體暨平面媒體的同仁，在曹教授的陪同下，也曾深入雪域做了最貼近牧民的採訪和紀錄，這些動人的紀錄片，由大愛電視台製成了「大愛全記錄」，在大愛台播出了。在平面媒體方面，《慈濟月刊》和《經典雜誌》也做了圖文並茂的報導，但因篇幅所限，難能暢所欲言，因此曹教授這本《磚茶解碼》，就成為有關磚茶型氟中毒最真實、最深入、最全面、最清晰，最權威的著作了，關心磚茶型氟中毒的讀者，絕不能錯過這本書；對青藏牧民生活方式與生活環境想做深層了解的人，更應該看這本書。

對曹教授，我個人對他所知不多，但認識不少。所謂所知不多，是對他個人的私領域而言；所謂認識不少，是對他個人的公領域而說。認識曹教授是二〇〇三年的事了，印象中，曹教授瘦削的身軀，帶著洪亮的聲音，講起話來堅決果敢，尤其在和慈濟基金會創辦人談話時，那種專注的神情以及關心磚茶給藏區牧民帶來身心戕害的不捨表情，讓人印象深刻。當他談到藏民千百年來因飲茶而產生的病痛夢魘，聲音轉帶哽咽，眼眶淚珠閃爍，這種為藏區人民請命，為藏族牧民傷悲的情緒感於內而形於外，令在座的每一個人無不動容。由此可見，曹教授真乃性情中人，實是關懷民瘼，悲濟弱勢的真漢子。

我所認識的曹教授看起來似乎體弱多病，事實上在多次的接觸互動過程中，我們感受到他確是受到一些病痛的折磨，但讓我們感動的是：提起有關磚茶型氟中毒的研究和有關雪域高原的牧民們亟待外界協助以脫離氟骨病痛夢魘的時候，他似乎又置個人病痛於度外了。就是這樣「不為自己求安樂，但願藏民得離苦」的襟懷，曹教授才能十餘年如一日，孜孜不倦地為藏胞的健康而付出，為喚起社會大眾對磚茶型氟中毒的重視而呼籲。

感恩曹教授對青藏牧民所做的貢獻，感恩曹教授在百忙中能將文稿整理出版，在這裡，我們一併對曹教授的慈懷柔腸與無私奉獻，表示最崇高的敬意和謝意。

＊本文為《磚茶解碼：青藏高原磚茶型氟中毒調查紀實》一書序文。

毀滅・重生・愛

一

「地震發生後，見到海水先退了約兩百公尺，我覺得很奇怪，繼而看見沉在海底已久的生鏽破船，小孩也走上裸露的海岸，好奇地撿拾東西。這種異狀讓我感覺一定會有事情發生。」一位擔任車夫的印尼亞齊居民布加里心有餘悸地回憶災難發生的那一刻。

「果然，看見從遠遠的三公里外，有一條成線的浪花捲過來，愈來愈高。」

「水來了！浪一下子沖了過來，淹沒了房子……。」布加里似乎回到當時的情況說：「我不敢再看，便往市區跑去，心想再怎麼樣，大水也不會向城市沖來吧！沒想到接著我們就這麼被水沖得滾來滾去，當時真的六神無主。」

劫後餘生的布加里一家六口緊抱在一起，竟然逃過這次的浩劫，但他從來沒有想到，這次大難不死的浩劫在他的心裡竟烙下了揮之不去的陰影，面對殘破的房舍，死亡的親友與鄰居，他說：「只要有餘震，只要風吹草動，孩子都會恐慌哭叫，我也會有一股災難再度來臨的恐懼。」看到海浪一波接一波，他心裡的陰霾也一層覆一層，他說：「現在我們再也不敢靠近大海了。就算給我錢，我也不去！」

二

在斯里蘭卡，一位傷心的爸爸迫不及待地訴說著他的遭遇，他的女兒和女婿在災難發生的當天，不幸遇上海嘯而下落不明。他這幾天不斷尋找女兒與女婿的蹤影，然而除了腳踏車之外，他一無所獲。

亞歷山大，這位五十一歲漁夫抱著女兒留下來的一個月大嬰兒，一臉悲戚地說：「小嬰孩已經五天沒有喝母奶了，所幸遇有善心人士給他奶粉，就這樣勉強餵養了。」小小生命來到人間，還來不及被命名，還沒有看清楚爹娘的面目，就遇到生離死別了。

同樣在斯里蘭卡，漢班托塔的一座寺廟的一個角落，一位婦人被抬了進來，她叫康蒂，今年四十歲，是一家成衣工廠的員工，她的三個小孩全都在海嘯中罹難了，面對這突如其來的變故，三天來不吃不喝。

她虛弱地癱坐在椅子上，不顧親友的撫慰，口中仍然不斷地呼喊著：「讓我死了吧！我失去了所有的孩子，我人生已經沒有希望了，讓我死了吧！」

三

在泰國，舉世聞名的度假天堂，這次海嘯之後頓成了人間煉獄。泰國南部沿海包括普吉島在內的六個府，遇難人數高達八千多人，多數是來自世界各國的觀光客。攀牙府寇立海灘的雷宮（Ragoon）旅館老闆說：

「這一帶是最美麗、最棒的度假勝地，可以說是人間天堂。如果你以前沒有來過這裡，絕對沒有辦法想像在此之前，這裡有多美！」他看著已成廢墟的度假別墅，望著一片狼藉的海灘，他悲傷含淚地說：「我很愛這，也曾投資那麼多的心血和金錢，如今一切都成泡影了。」

「不過，那些都不算什麼，只要能找到我爸爸……」他又開始哽咽了。

設在普吉島省府的救災指揮中心，國際人道救援團體都聚集在此，有二十多國的大使館也派人進駐充當翻譯，布告欄貼滿待指認的遺體照片，也有人從各地前來尋找親人，他們把親人的照片貼在布告欄，並在旁邊寫著：「有沒有人看過他？」

四

在南印度，烏夏沉痛地陳述著喪妹和喪女之痛。在黑色星期日，烏夏的妹妹桑薩庫瑪莉，早上七點出發到她母親位於海邊的房子，完全不知道不久前在遙遠的印尼亞齊發生了一場大地震。烏夏的女兒，莎雅娜和索亞，當時正在靠近母親家的海岸邊與烏夏的弟弟塞米爾玩耍。烏夏一如往常地待在她租的房子裡，絲毫未察覺到海嘯的喧囂與憤怒，一直到海水開始沖進房子，加上四周驚恐的尖叫聲，才察覺到大禍已經來臨。

烏夏的母親瑪拉，早上九點鐘稍早就走出家門，到外頭買東西。瑪拉回憶說：「海水開始往上冒泡直衝而來，蹤撞到村莊時，海水開始沸騰和翻滾。」瑪拉被海水淹沒並開始要窒息，為了保住生命，她拉住一棵椰子樹。六個勇敢的男孩試圖要救她而被巨浪捲走，最後她被其他的生還者救起。

而烏夏的妹妹桑薩庫瑪莉和女兒莎雅娜，就沒有那麼幸運了。烏夏知道自己的親人骨肉被海浪沖走而下落不明時，「她只想衝向殺人犯般的大海，救出她親愛的妹妹和她寶貝的女兒。」她對自己無能為力救回她們而深感愧疚和罪惡。

當天下午四點半左右，搜救人員在印度廟附近發現桑薩庫瑪莉的屍體，而四天後莎雅娜的屍體在一棵苦楝樹上被發現。烏夏情緒崩潰了，她的雙眼仍呆滯無光，大家開始擔心，她以後是否還會有笑容。

五

二〇〇四年十二月二十六日印尼蘇門答臘西部外海，印澳板塊和歐亞板塊相互推擠，兩塊板塊擠壓產生上下錯位，那種強大動能所釋放出的巨大能量，造成芮氏規模九的超強大地震，強震驚動了沉睡的海洋巨人，巨人受驚擾，海水也不得安寧，於是掀起驚濤大浪，一場驚天動地、破壞力史無前例的南亞大海嘯發生了。

大自然的力量果真強大無比，十公尺高的巨浪，以時速八百公里的驚人速度，由震央向四周翻騰擴散，濱臨印度洋海岸的國家被波及了，印尼亞齊、泰國普吉島、馬來西亞半島北部海岸、南印度、斯里蘭卡東部和東南部，甚至遠到五千公里外的非洲東岸，計有十二個國家受到海嘯的摧殘與破壞，初步估算至少有二十五萬人罹難與失蹤，數百萬人無家可歸。

透過國際新聞媒體分分秒秒，日以繼夜的災情報導，海水咆哮而至，海邊民眾驚慌逃離，建築物應水倒地的畫面，一而再、再而三地出現眼簾，這個時候南亞大海嘯的災情已牽動全世界人的心了。聯合國秘書長安南親到災區，親眼目睹了不忍卒睹的災情，他難過地說：「這是一場人類歷史上前所未有的全球性大災難。」

六

南亞大海嘯災難發生時，或許您正和家人共享天倫之樂；或許您正和三五知已共話家常；或許……，不管這一天對您來說，是得意的一天或失意的一天。但無論如何，這一天我們沒有受到大海嘯的驚嚇；這一天我們還是安然無恙地；這一天我們還有親人與朋友可以互訴彼此的失意和得意。可是南亞海嘯災區有二十多萬人與這個世界永別了，和他最親密的家人永別了，他們再也看不到明天的日出了。更有數百萬人柔腸寸斷，哀傷欲絕，他們再也看不到朝夕相處的親人；再也不能和義薄雲天的朋友把酒言歡了。相較之下，我們何其有幸；相較之下，他們何其不幸。

傾聽上述災民的訴說；了解他們災後心靈的創傷；知道他們家毀親亡的無助；同情他們往後是不是還有明天，我們真的不能袖手旁觀，我們更不能冷漠對待。我們的關心不能僅止於仰天長嘆，更不能僅止於一掬同情之淚。這就是為什麼台灣佛教慈濟基金會和國際知名的人道救援組織齊聚災區，用具體的救援行動，表達人與人之間應相互扶持的基本人道理念和理想。

不僅民間的人道救援組織，即使是為各自利益設想的各國政府，也紛紛打破政治的藩籬；摒除了意識型態之爭；放下了宗教、種族的隔閡；踴躍表態捐助大筆款項，作為濟助災民和重建災區之用。根據統計，各國政府口頭承諾的捐款已高達百億美金，但依過去經驗，各國政府的承諾，最後都是七折八扣收場。然而，南亞大海嘯所引發的大災難，已將全人類的心緊緊地連在一起了，凡是有「人類禍福與共」觀念的人都知道，南亞大海嘯已不是某一國或某一地區的災難了；那是整個人類的災難，整個地球的災難，沒有任何一個人能自外於這場災難。所以，面對這場災難，每一個人都是當事人，都不是局外人，每個人對於這場世紀大災難都不能袖手旁觀，不管民間或政府、不論宗教或信仰、不管歷史或文化、不分國際與地域。

七

托爾斯泰曾經說過：「我們愛人，不是因為他們能為我們做什麼，而是因為我們能為他們做什麼。」生命的精華不在於我們的獲得，而是在於我們的給予，透過付出我們找到了人生的精義，發現了最純真的自己。現在是我們應該省思台灣在這次南亞大海嘯中能為難區與災民做些什麼，付出什麼的時候了。

台灣地處地震常發地帶，南亞大海嘯的災難，我們應感受最深。一九九九年的九二一大地震我們記憶猶新，而一百多年前甚至更久遠的時代，台灣東北部沿海也曾慘遭海嘯的襲擊與摧殘，或許時間可以沖淡我們的記憶，但南亞災情的殷鑑不遠。悲人之悲，痛人之痛，就是一種慈悲心的表現，正當全世界發起賑濟南亞大災難的同時，台灣究竟為災區與災民做了些什麼？台灣在爭取國際社會認同時，我們究竟對國際社會盡了些什麼責任？

證嚴法師不斷呼籲：「台灣無以為寶，以愛、以善為寶。」因此，慈濟基金會在災難發生的第一時間，率先抵達可以到達的災區，用具體的救援行動貼近災民、膚慰災民、幫助災民。在台灣，證嚴法師並發起「大愛進南亞，真情膚苦難」的募心和募款活動，希望台灣民眾能夠用善良的真情，至誠的悲心，為災民略盡棉薄之力，同時也為台灣開了一扇門窗，讓國際人士能夠看到台灣的善與愛；也讓台灣能夠看到世界的悲與苦。

想想過去古木參天、綠樹成蔭的人間天堂，度假勝地，寧靜漁村，而今劫後餘生，寥落樹幹，零落枯枝，破瓦殘壁，空對斜陽夕照。遙想望海悲嘆，惆悵滿懷的災民，我們能無動於衷？

俄國大文豪杜斯妥也夫斯基說：「世界將由美來拯救。」其實我們應該說：「世界將由愛來拯救。」愛，人人與生俱來，只要摒除成見，抹去對立分別，愛，人人都可以付出，都可以實踐。

八

「為人類寫歷史，為時代作見證」，是《經典》雜誌所秉持的理念。災難發生後，《經典》雜誌立刻派遣記者深入災區，貼近災民，了解災情，用鏡頭見證了大自然的威力；用悲心感受了災民的苦痛；用文字紀錄了這段二十一世紀人類曠古未有的大災難；同時看到了包括慈濟基金會在內的國際人道救援組織，為災民盡心盡力所做的一切，這是一次全球人道救援的大合作，是人類難得一見的愛心大集合。非常慶幸地，由於有慈濟與台灣其他慈善團體，台灣在這次全球大救援行動中沒有缺席。

現在《經典》雜誌要把這次大災難的見證，要將這次人類愛心大集合的歷史編寫出來並付梓出版，目的無非是要提醒大家「世間無常，國土危脆」，生活在地球上，就要服從地球的法則，對大自然要存敬畏之心；對苦難的蒼生要伸出擁抱之手。

最後，我們還是要再次強調：「一個人除了愛與被愛，什麼都沒有，他還是富有；一個人除了愛與被愛，什麼都有，他還是貧窮。」本書的出版，或許有助於讀者對這一句話的理解。

＊本文為《大海嘯：毀滅與重生》一書序文。

「治絲益棼」耶？「釜底抽薪」耶？

對一個極度饑餓的人來說，給他第一碗飯吃是救命；第二碗飯是滿足；第三碗飯則是毒藥。等他吃第三碗飯的時候，飯的價值對他而言，已經完全發生了變化，哪裡還能談粒粒皆辛苦？

我們現在所面對的生態環保問題，已不是純然的環保問題了。我們現在所面對的環保問題，已是人性貪婪過分發酵的問題。環保問題的嚴重性，稍具知識的人都知道，但人類的貪婪與無止境的需索，讓環保問題的嚴重性僅停留在認知的層次上。

有一位哲學家曾經這麼說：

人類整個世界都在試圖滿足那些非必要的東西。有百分之九十的工業都涉及非必要的東西，有百分之五十的人力浪費在那些完全沒有用的東西上；有百分之五十的工業用在女性的頭腦，或應該說是女性的身體上，每三個月就設計出新的衣服，設計出新的房子，粉餅、香皀和面霜等；百分之五十的工業貢獻給這些無意義的東西，而人類正在饑餓，許許多多的人因為缺乏食物而處在垂死邊緣，但是有一半的人類卻對那些完全不必要的東西有興趣。

這就是今日環保的問題所在，今天環保問題的日益嚴重，不是人類因為溫飽的需求所造成，而是因為人類過度揮霍、浪費與需索無度所造成的，人類耗費無數的資源在滿足與溫飽無關的虛榮上。富者愈富，貧者愈貧的所謂市場機制，提供了資本家強取豪奪的舞台與機會，他們運用所謂的先進科技，壯大所謂的工業規模，攫取地球絕大部分的資源，把全世界的財富囊括於少數人，而窮人仍然處於饑餓、匱乏的邊緣。

君不見那些所謂的工業大國，對《京都議定書》的強烈抵制，他們明知工業所造成的嚴重汙染，正在斲喪世界的生機，但是為了自身的利益，為了永保超級強國的優勢，他們寧可犧牲地球的生機，寧可拿全球人類未來的命運為祭品，也不願意在自身的利益上作讓步。

所謂「人為刀俎，我為魚肉」，工業強權的予取予求，貧窮弱國任憑宰割，只能徒呼奈何。所以今日解決環保惡化的問題，不應僅僅止於「頭痛醫頭，腳痛醫腳」的層面。如果我們僅做這樣的思維，必定又要掉入工業強權預設的陷阱而越陷越深，因為這些「頭痛醫頭，腳痛醫腳」的浮面作為，勢必又要被強國所研製、所控制、所壟斷的科技與器具，進一步地攫取與破壞，貧弱國家又要被導入另一種生態失衡，環保惡化的道路上去，這提供強權可以另闢蹊徑，做另一階段豪奪的機會，對改善惡化的生態環境絲毫不起有效作用，甚至有可能還會更加惡化。

以解決能源短缺這項問題而言，大家不思如何減少對能源的依賴與使用，反而為了滿足不知有所節制的富人需求，到處找尋替代能源，而這種替代性的能源，或許會將窮人手中僅可糊口的糧食，進一步剝奪殆盡，使窮人與弱國付出更加慘痛的代價，對地球資源的耗竭更進一步加深加廣。

不管生質能源的研發製造，或水力、風力、地熱、太陽能或生化等手段轉化與利用，其結果，有一得，必有一失。以生質能源的研製來說，人類或許可以從農作物中萃取工業國所需的能源，卻也剝奪了饑餓的人用以活命的糧食，水力的過度開發與運用，必然讓水系的生態環境遭受嚴重的衝擊，農民的灌溉與人們的飲水，必然受到進一步的破壞與挪用，一得一失之間，孰輕？孰重？恐怕還是只有大國說了算！

雖說解決生態環保問題已成為二十一世紀的顯學，但大家看問題與所提出的解決之道，都還跳脫不了如何滿足需求的前提。如果這種思維方式，不做徹底改變，解決生態環保問題，將會變得治絲益棼，會陷入「剪不斷，理還亂」的窘境。

人類文明與科技發展，似乎已成為不可逆轉的趨勢，人類對於優渥物質的享受，已經視為理所當然了，要大家重返一兩百年，甚或更久以前的生活，已經變得不可能了。過去可以滿足人類一整年的生活物資，現在一夕之間就可以耗費殆盡了。在解決生態環保問題上，如果不能採取克制欲望，減少耗費的「釜底抽薪」辦法，如果還要耗盡大量能源與物資，生產那些非生活必需品為富人的虛榮心服務的話，那就是火上加油，只會加速地球能量的消耗與環保問題的惡化。

西方有一位學者曾經這樣說：

對於自己能夠活著，能夠看到日出，能夠置身在這塊天賜其美而豐腴的大地，任你馳驅，任你享用，就應該打從心底生出至大的喜樂。

沒有錯，地球是塊天賜其美的豐腴大地，它可以任我們馳驅，也可以任我們享用，但我們不能任意揮霍，任意將它挖竭耗盡，更不能任意運用所謂的尖端科技，對地球的資源與生機趕盡殺絕。

人類自作聰明的科技在日新月異下，在越磨越利下，在完全依賴下，在無所節制下，糖衣包裹下的科技毒藥，總有一天會讓人類中毒身亡，讓地球枯竭終結，因為地球終究不是一個任我們享用不竭的世界。

為了探討環保的問題與解決之道，《經典》曾經做了一系列的探索與報導。《經典》的記者群，曾經造訪了各大洲對環保問題作出有創意，能創新解決之道的國家，這些國家的經驗或許可以作為其他國家的借鏡，也或許可以開啟我們對環保生態問題另一嶄新的思維。能源、短缺、耗盡、工業、汙染、暖化、災變、乾旱、飢荒、瘟疫、病毒、聖嬰、失衡等等的名詞，不斷在各種媒體出現，讓人怵目驚心，直到現在大家還在摸索，還在投石問路，還不死心地想在不斷擴張物質享受，又不想讓地球資源被榨乾耗盡中找到出路。即使明知這條出路純屬空中樓閣，但自大、貪婪的人類仍然不願意用「釜底抽薪」的辦法，在節能減碳上作工夫；不願在減少欲望、減少消費、減少享受上作工夫；不願意在力行清平生活上作節制。人類現在最需要的是「節流」，而不是「開源」。

《經典》的採訪成果已陸續刊登在各期的雜誌上，現在把這些寶貴的經驗與精采照片，重新編輯成冊付梓出版，作為人類面臨生態浩劫逼近時，所做舉措的見證，更重要的是本書也可作為大家對生態環保問題何去何從的惕勵與省思。

＊本文為《守望：環保人間道 永續地球村》一書序文。

貧非貧，夢非夢

提起貴州，很多人會聯想到山；提起貴州，也有很多人會聯想到貧窮；提起貴州，或許會有更多人聯想到苗寨。

因為貴州山巒起伏，群峰聳峙，喀斯特地形讓貴州顯得清臞有餘，豐腴不足。也因為喀斯特地形，使得貴州㾥山處處，石多土少、地瘠壤稀，以至貴州山區的老百姓，人雖勤而穫不豐，家雖儉而糧不足。所以貴州的窮，似乎是一種宿命，一種老早就被上天貼上了貧窮標籤，牢不可破的宿命。

然而就在這塊「八山一水一分田」的貧瘠土地上，卻有許多不同民族的人民辛勞地耕耘著。他們或各據山頭、或群居一處，他們都有共同方向，那就是：為生存而奮鬥，為生活而努力。他們不怨天、不尤人，面對群山，卻仍然面帶微笑；他們與山石為伍，卻對山石沒有絲毫埋怨。他們有的是更多的感恩，感恩上蒼留給他們一線生機，給他們在石縫中留下了些許土地，讓他們還能日出而作，日入而息；讓他們猶有耕作之地、止饑之糧、棲身之所。樂天知命似乎成為他們共同的信仰，而親切微笑，永不言苦，似乎成為他們的待人處世之道。不論漢族、苗族、壯族、水族或侗族；不管布依、彝族、瑤族或回族，他們都相處得一團和氣，默契十足。中國人所謂的「和為貴」，或許就是這份「和」讓貴州之所以為「貴」的緣故吧！

「地無三里平，天無三日晴，人無三兩銀。」這是地理課本上形容貴州耳熟能詳的諺語，現在我們用務實的態度檢視這句諺語，不難發現：「地無三里平，人無三兩銀」仍然真實不虛，但「天無三日晴」就受到「事實」的挑戰了，至少我們在貴州扶困的那段日子裡，晴多雨少是不爭的事實，水資源的日益短缺可能即將成為貴州山區另一個必須面臨的困境。

貴州是中國古「夜郎之地」，「夜郎自大」是一句形容一個人見識淺薄，猶自尊大的成語，我們不知道夜郎古國是否真的妄自尊大，但我們知道貴州在古時候也有過一段好過的日子，遺憾的是現在貴州已成為中國最貧困的省分之一，可見貴州的貧窮不是天命，有更多是人為的因素造成。既然人為的因素可以由富而貧，透過人為的努力當然也可以由貧而富，這就是為什麼慈濟基金會「難行能行」，致力於貴州山區扶貧濟困的原因。

山多地少水乏是貴州面臨的最大困境，所謂「開門見山，出門爬山，走路繞山，吃飯靠山」，表面上，貴州人似乎被群山所困，實際上，山也養成了貴州人剛毅不屈，永遠保持樂觀進取的生活態度。去年年底，我們在貴州羅甸進行冬令物資發放時，就親眼目睹了貴州人「貧賤不移，樂天知足」的個性。

在物資發放現場，等候領取物資的老人家笑開了，他們笑得很燦爛；小娃兒也笑開了，他們稚氣的臉龐，笑得很天真；莊稼漢笑開了，他們笑得很爽朗；小姑娘也笑開了，她們素淨的面容，笑得很羞澀。

在笑聲中我們發現他們的眼眶含著淚水，在淚水中我們似乎看見了喜悅，看到了感動，看到了人與人之間的互信。互動的過程中，他們沒有半句肉麻的溢美之詞，也沒有太多的巧言媚語，他們雖然拙於言詞，但短短的幾句話，都發自內心深處的肺腑之言，彼此相互緊握的雙手，足以傳達彼此的感動與心意。

教育，是年輕人擺脫貧窮的希望，慈濟基金會在這方面也用心很多，著力很大。胡傑是羅甸民族中學的學生，在發放現場，他是雙手沒有閒著的志工，他和他的父母已經五年沒有見過面，從他的表情上，在他的言談間，我們知道他心裡想的是遠方的爸媽，但他沒有說出來，因為他沒有太多的時間去思念、去傷心，他知道眼前他必須全力以赴的是考取大學，他似乎認為只要考取大學，一切貧窮與困難就能迎刃而解了。

跟胡傑一樣，段京京也是民族中學的學生，五歲就失去了父母，一份濃濃的對親情的思念只能深埋心中，她說：當她想念媽媽的時候，總會抬頭看天上的星星，天上星星的閃爍就像媽媽在遙遠天上向她眨眼。對於未來，她也認為考取大學是將來最好的出路。

我們在貴州期間，接觸了不少的人，也接觸了不少的事，尤其重要的是：我們看見老年人的樂天知命，年輕人的奮發進取，年幼孩童的蓄勢待發。慈濟在貴州所實施的三年扶困計畫從移民遷村著手，失學兒童、貧困學生的助學與獎學的推展，以及青壯年人的外出就業打工輔導，我們的幫忙不遺餘力。我們相信：「困境會幫助一個人開發內心的力量。」只要年輕一代的內心力量被開發了，貴州石頭山上老百姓的脫貧就不是夢了。

大愛電視台和經典雜誌的記者，長年累月，多次深入痲山地區，用最貼近老百姓的方式，聯手記錄了石頭山上老百姓的堅毅與刻苦，樂觀與進取，也記錄了苗寨人民的文化傳統與價值核心，當然更記錄了年輕人企圖走出困境的決心和想法。他們將這些觀察和採訪，透過最簡煉的文字和最動人的照片，出版了《石頭山上的脫貧夢》一書。這是一本真實不虛的好書，也是一本了解貴州山區百姓可歌可泣的生活與奮鬥歷程的好書，值得大家一讀。

＊本文為《石頭山上的脫貧夢：中國貴州十年關懷》一書序文。

時間、空間、人與人之間
——看見台灣四百年的美善歷史

時間、空間、人與人之間，是構成歷史的重要元素，儘管許多人對歷史的解讀不同；也儘管許多歷史的寫成存在著爭論，但歷史終究是把時間、空間、人與人之間編串的一條人類活動的軌跡，不管這條軌跡是深是淺，是正是偏、是寬是窄，無論如何，都是人類意識型態主導下的一系列記錄。

歷史成為一門專門的學問，由來已久，許多大學設有歷史系、歷史研究所，甚至歷史博士班，可見讀史、治史、寫史變成人類的大事，每個朝代都設有國史館、都設有御用的史官，每個朝代也都編寫著屬當朝觀點的歷史，而每個當朝的歷史，也都充滿著由當權者所主導的主觀意識型態成分，於是歷史就變得不十分可靠。政治左右了歷史的純度，歷史的純度又左右了人民的思考，所以各朝各代有正義感的歷史學家，都會有些不平之鳴，發出「讀史難、治史難、編史更難」的感嘆。

其實，只要能擺脫政治的糾纏與意識型態的牽制，治史與編史並沒有那麼困難。如果能做到像胡適之先生所說的：「有幾分證據，說幾分話。」治史又有何難？遺憾的是：「人在朝廷，身不由己」，治史的人往往和政治意識型態有著千絲萬縷的關係，想跳脫政治干預的漩渦又談何容易。

慈濟人文志業中心鑑於治史不易，所以我們另闢蹊徑，企圖將政治的影響降到最低程度，用貼近生活的方式反應四百年來台灣人民的篳路藍縷。慈濟今年已屆滿四十周年，四十年來慈濟從事慈善、醫療、教育、人文四大志業，相對於台灣的四百年，四十年的時間實在微不足道。但時代在變，社會在變，我們生活的空間也在變，慈濟四十年的點滴作為，確在時間、空間、人與人之間產生了巨大的影響與貢獻。

慈濟在傳承與創新間，在科技與人文間、在宏觀與微觀間，都做了最好的調適與開創，慈濟的人文與大愛的精神已儼然成為台灣史上不可或缺的一環，在歷史的長河裡，慈濟涓涓活水的注入，使台灣的歷史更為波濤壯闊。這種開創性與影響性，說是「蝴蝶效應」也好，說是「慈濟現象」也罷，總之，慈濟的四大志業對台灣社會引發了不小的震撼與影響已是不爭的事實。循著慈濟慈善、醫療、教育、人文四大志業發展的軌跡，我們想藉此全面檢視四百年來台灣的「慈善發展史」、「醫療發展史」、「教育發展史」、「人文發展史」，進而從中理出一條擺脫政治緊箍咒的制約，讓它更貼近從古至今，台灣先民與今人生活的歷史。

二十世紀最偉大的道德哲學家李文納（Emmanuel Levinas）曾這樣說：

> 除非我是為了某些原因而存在，否則我什麼都不是。人類是具有意義的存在。我們可以清楚地見到，我們其實是很自然地，真的為別人而存在，只有「為他人而活」，才是唯一可靠的安身之處。

不管歷史上有多少征伐戰爭，也不管有多少衝突殺戮，更不管人我之間有多少愛恨情仇，但人，總脫離不了別人而存活。人，最牽掛的還是人，不管是親人或仇人。所以另一位哲學家利夫頓（Robert Lifton）也說：

當我努力想像生命的終點時，浮現在我心中的意念是：「與他人關係的分離與終結。」所謂「關係」（Connection），不僅僅是指「一起出現」，也指晤面雙方的互動內容。

我們策畫這套《台灣慈善四百年》、《台灣醫療四百年》、《台灣教育四百年》、《台灣人文四百年》所採取的角度與立場就是那種人與人之間相互依存的立場；那種人與人之間相互連結的互動。我們不要有太多的政治牽制，我們要有更多的人道關懷；我們不要有太多的族群對立，我們要有更多的人際和諧；我們不要有太多的傲慢與偏見，我們要有更多的慈悲與謙卑。

歷史是一面鏡子，從歷史這面鏡子中，我們可以看清台灣四百年慈善、醫療、教育、人文的來時路，以及歷經這些來時路的艱辛與轉折。尤其二十世紀中葉到二十一世紀初，慈濟四大志業的異軍突起為這四大領域的歷史注入新血與活力，在非政府組織（NGO）觀念、作為、組織與方法上注入了清澈昇華的活水，這是值得注意與讓台灣民眾引以為豪的一件大事。

慈濟基金會創辦人證嚴上人一再強調：「台灣無以為寶，以善、以愛為寶。」事實上，台灣自古以來就是一塊以純真勤樸見長的美麗寶島，雖然政治的多變與列強的爭奪，讓台灣百姓多災多難，但透過對台灣四百多年來慈善、醫療、教育、人文歷史的整理，我們認清了台灣百姓的善良，先民在這四大領域的歷史中都沒有交白卷。

這四本套書的編著完成，我們要感謝慈濟人文志業中心平面媒體的所有同仁，合心、和氣、互愛、協力，發揮了團隊分工合作的精神，在短短不到一年的時間內完成了四本大書，作為慈濟四十周年慶的獻禮。

歷史照片的蒐集和尋找，是本套書編輯過程最大的難題，然而，我們同仁也確實跑遍了台灣各大小圖書館，接觸了不少台灣民間的史料收藏家，甚至遠赴歐美著名圖書館，蒐集可用珍貴照片，目的就是要讓本套書能夠圖文並茂。希望讀者在閱讀的同時，能給予一些讚歎與掌聲，畢竟每一張照片，每一篇文字都費盡心力，得來不易啊！

＊本文為《台灣慈善四百年》、《台灣醫療四百年》、《台灣教育四百年》、《台灣人文四百年》套書總序。

站在一勞永逸的賑災高度上

大三災，小三災，災災讓人心碎，地水火風四大不調，漸漸成為地球的常態，或許「人生無常，國土危脆」，災難長伴左右，自古皆然，但像二〇〇九年八月莫拉克颱風那樣重創台灣南部的災難實在不多，那是一場讓人午夜夢迴還會驚醒的災難；一場見證國土危脆，人生無常歷歷驚魂的災難；一場見證慈悲，考驗智慧的災難；一場在對與錯，是與非之間必須做正確抉擇的災難，直到今天，三百多個日子過去了，這場災難，在我們的社會中仍然存在著細細的漣漪；在我們的心靈中仍然籠罩著淡淡的陰霾，成為繼九二一大地震之後，台灣民眾心中永遠的痛。

很多人都會說「歷史是面鏡子。」它的意思是說，發生過的事情，可以讓我們看出什麼是對，什麼是錯；什麼是好，什麼是壞；什麼是得，什麼是失。而所謂「前車之鑑」，就是要我們不要重蹈覆轍，不要一而再，再而三地發生同樣的錯誤。

遺憾的是，人類總是健忘的，總是不到黃河心不死，只有在遭受苦難的當下，才能夠作短暫的覺醒，但這種覺醒就像擊石火，閃電光，災難過了，痛苦淡了，覺醒也就一點一滴地消失，在利與義的拔河下，利總是占了上風，於是過去的錯誤又依然故我，災難就變成一種循環，歷史就變成一種輪迴，祖祖輩輩永遠遭遇同樣的災難，承受同樣的苦痛，苦難的宿命，就沒有辦法連根拔除。

學者專家與政府相關單位檢討八八水難所以重創南台灣的文章與說法已經夠多了，對於災後重建與賑濟的工作，雖然也持續關心與積極地進行著。但在過程中卻還存在著不少目的論與方法論上的爭議，這些爭議截至現在仍然喋喋不休，各說各話。但是真理只有一個，對的路也只有一條，仁者不一定見仁，智者不一定見智，只有保持心中無私無我的明澈，懷抱著與生靈共生息的襟懷，超然站在一定的高度上，才能鳥瞰整個過去、現在與未來，才能看清何者當為，何者不當為。情緒化的反應與意識形態化的主觀解讀，只會讓問題變得更複雜，讓救災重建的道路變得更遙遠，讓賑災的意義與價值變得更扭曲。即使私利與公義，本末與輕重，獲得暫時的妥協，但不究竟的重建又會為未來的災難埋下伏筆，還是難以跳脫循環災難的惡果。

其實台灣是個愛心密度很高的地方，所以證嚴上人才會說「台灣無以為寶，以善、以愛為寶。」在賑災的過程中，善與愛固然重要，但智慧與無私更為重要。只有在慈悲中不失智慧，在智慧中涵融慈悲，重建工作才有可能做得圓滿無憾。

慈濟基金會是個非政府的慈善組織。累積四十多年的賑災經驗，發展出一套特有的賑災模式。這種賑災模式不管在台灣或在海外，都發揮相當可觀的賑災效果，贏得國際人士肯定與好評。

這套賑災模式，我們稱之為「安心、安身、安生」三階段一究竟的賑災模式。

亦即在災難發生之初，人心惶惶，驚恐無助，對於禍從天降，突如其來的災難，一瞬之間，摧毀了他們的家園，奪走了他們的親人，破碎了他們原本規畫好的希望。他們心裡之痛，之悲，之驚，之恐，之怨，之恨，百般悔恨與苦痛，成為縈繞腦中的夢魘。此時，急莫急於「安心」，心安了，魂定了，把他們縈繞腦中的陰影夢魘逐漸揮去，讓他們自覺到人生沒有過不去的苦，也沒有過不去的難，留得青山在，不怕沒柴燒，所以此刻他們最需要的是陪伴，是撫慰，是同人之情的愛，他們需要心靈的依偎與前途的依止。

因此，在莫拉克颱風引發八八水劫的第一時間，慈濟人立即前進災區陪伴災民，膚慰鄉親，痛他們的痛，悲他們的悲，藍天白雲是他們訴說苦難的依止處；淚水濕潤了慈濟人的肩膀，汗水濕透了藍天白雲的衣衫，慈濟人在風中、在雨中、在水中不畏辛勞地提供熱食，分送民生用品，提供醫療藥物，用地毯式的方式，動員大批志工，逐家挨戶了解災民的需要，逐門逐戶幫忙鄉親清理汙泥，打掃家園，讓災民不再無助，讓鄉親不再徬徨，慈濟人的出現，讓他們的心裡踏實了，慈濟人的膚慰，讓他們的痛楚減輕了，慈濟人的細心與愛心，讓他們從心灰意冷的谷底重燃起希望。心安了，意定了，悲痛揮去了，希望燃起了，他們又可以勇敢的突破灰暗，迎向陽光。

安心計畫之後，緊接著就是安身計畫，「安身」就是讓災民不再流離失所。災民房子雖然毀了，但不能讓他們沒有棲身之所，於是給災民有個「安身立命」的永遠家園，就是這個計畫的重要目標。

既然要給災民有個「安身立命」的家園，就要考慮如何用一勞永逸的辦法，將他們一再循環受災的夢魘一次揮去。

山已經傷痕累累了，土石已經不受制約了，颱風與地震多發的台灣，山體已經鬆動了，再也承受不了太多的砍伐與太頻繁的挖掘，不可承載之重，讓山林已呈現疲態了。

想要擺脫一再飽受驚嚇與身命財產損失威脅的夢魘，想要打造一個永遠能高枕無憂，風雨不動的家園，就不能夠再在山上和地震賭運氣，和風雨搏生死，於是選擇適當的地點重新出發，是必要的智慧選擇與果斷決定。因此慈濟的安身計畫是經過深思熟慮的抉擇，是全然為受災鄉親的願景作打造的決定。

遷移是為了走更遠的路，重建是為了能看得見希望的未來，慈濟大愛村的規畫與建設就是基於這樣的考量，既能讓山林有獲得生養的機會，又能讓鄉親獲得安全無虞，幽美亮麗家園的契機。當然，好事總是多磨，在慈濟進行災區重建的這期間，各方意見紛云，誤解有之、曲解有之、不解亦有之，但證嚴上人說過：「對的事情，做就對了。」秉持「在苦難中長養慈悲，在變數中考驗智慧」的理念，安身計畫的執行義無反顧，其過程雖然繁瑣，其誤解雖然頗多，但其成果卻昭昭可見，一切為災民的用心，可感可受，頗獲鄉親與政府的肯定與激賞。

至於安生計畫，就是要讓受災鄉親在「安身」之後，能「立命」；在「安居」之後，能「樂業」的一項艱鉅工程。所謂「立命」就是讓災後原住民的慧命的根，文化的根，族靈的根，能紮得更深，立得更穩。所以如何存續原住民的文化特色，傳承原住民的族群的核心思想與價值，就是「安身」之後的重要課題了。而所謂「樂業」就是要讓原住民有一個安定的生計，有一個穩定的著力點，尤其對於他們傳統的工藝與技能，做進一步的傳承與保留；對他們的專長與特色，做有效的推廣與發揚，讓他們在生計無虞之外，又能在傳統技藝上進一步的昇華，這就是慈濟「安生計畫」的用心。

現在慈濟八八水災「安心、安身、安生」賑災計畫已漸漸進入尾聲，在短短不到一年的時間，三階段一究竟的目標能夠一氣呵成，這種拚勁與效率在台灣賑災史上應該是絕無僅有的。

或許有人對慈濟的這項賑災計畫，由於立場的不同，認識的差異與了解的不足，或有些許的微詞與批評，但慈濟已經盡心盡力了，已經做到應該做的，考慮到應該考慮的，至於那些仁智之見，就留給時間去檢驗，留給歷史去評斷吧！

八八水災將屆滿一年，「前事不忘，後事之師」，這段台灣最悲壯的抗災救災史實必須記錄；這個「愛心最密集」地方民眾的愛心必須弘揚；台灣愛心民眾與慈善救災團體揮灑的汗水與淚水必須匯集；日夜為受災民眾付出的點滴辛勞必須留存，這都是見證大愛的素材，考驗智慧的史詩。時間或許能淡忘記憶，但悲壯的史實應該鮮明記載。本書只是記載這段悲壯史實之中的一粟，但就只這一粟，就已彌足珍貴了。

＊本文為《原起不滅 只是新生：八八水災週年紀念》一書序文。

弄潮兒應向濤頭立

歷史擺脱不了時間，時間是歷史的軸線。

歷史擺脱不了觀念，觀念是歷史的方向。

歷史擺脱不了強權，強權決定歷史的興亡。

歷史擺脱不了政爭路線，政爭路線影響歷史的篇章。

一個不爭的事實是：歷史有時不免屈服於現實，但現實再怎麼樣也改變不了已經發生的事實。儘管事實有時因人為的現實，而一時隱晦難明，可是事實終究是事實，不因人為之現實而存廢，也不因解讀之不同而變易。但什麼是真相？何者是事實？最後還是要回歸於人為的主觀意識和個人的政治現實，所以修史難、編史難、論史難、判史更難。

大家都知道，一個人不能沒有靈魂；一個國家不能沒有歷史，歷史就像一個國家的靈魂一樣，靈魂飄散了，國家也就滅亡了。這就是為什麼「時不分古今，地不分中外」，每個朝代、每個政權都那樣在意歷史的編修和勘正了。

對於台灣的歷史，編撰者多，論證亦眾，但正所謂「路線決定歷史篇章」，儘管學者專家言之諤諤，而政治人物卻說之誇誇，史實雖一，立場各異，事物入眼，各成藍綠。我們說：修史難、編史難、論史難、判史更難，證諸各朝各代，自有其道理存焉。

既然時間是歷史的軸線，對於台灣現代史來說，公元一八九五年，是台灣歷史軸線的一個重大轉折點。因為甲午戰爭中國戰敗，中日雙方於公元一八九五年，簽訂了馬關條約，中國將台灣割讓給日本，於是一夕之間台灣易幟了，台灣民眾也從大清子民變成了大日本皇民。面對如此歷史劇變，中國知識分子聞之譁然，而台灣民眾聞訊之後也為之驚慌。

在中國的歷史上，改朝換代，或許司空見慣，「成者為王，敗者為寇」，被視為情勢的必然，所以老百姓對於改朝換代，往往不動如山。他們始終認為「日出而作，日入而息，帝力於我何有哉？」只要日子能過，生活無憂，何人當家作主，他們即使無奈，也都能淡然接受。

然而這次大清帝國割地賠款，給台灣民眾帶來的不只是一個小小的震撼。當時台灣士紳民眾群情激憤，反對割台聲起，大清帝國既然棄台灣於不顧，台灣朝野只好力圖自救，孤軍奮鬥，並於一八九五年五月二十五日成立「台灣民主國」，推舉時任台灣巡撫的唐景崧為總統，並致電清朝政府，表示「台灣紳民，義不臣倭，願為島國，永戴聖清」。

面對日本軍事強權，「台灣民主國」僅曇花一現。形同烏合之眾的「抗日義軍」，欲用螳螂之臂擋千鈞之車，戰事當然節節敗潰，領軍抗日的將領也紛紛棄守，渡海逃亡內地。當時抗日力量雖然微弱，但誓不做倭民的悲壯行動，確是同仇敵愾，聲振全台。

成立「台灣民主國」是當時台灣朝野的最後一搏，台灣巡撫唐景崧在電奏清廷的電文中說：「萬民誓不服倭，割亦死，拒亦死，寧先死於亂民之手，不願死於倭人手。」又在《就任大總統宣言》中說：「當此無天可吁，無主可依，台灣公議自立為民主之國。」而在「台灣民主國」《致中外文告》裡更說：「唯台灣土地政令，非他人所能干預，設以干戈從事，台民惟集萬眾禦之。願人人戰死而失台，決不願拱手而讓台。」可見面對「中外千古未有之奇變」，台民「窮無所之，憤無所泄」，有一種被遺棄的強烈孤憤感覺。

清朝末年中法戰爭名將，也是黑旗軍首領劉永福，時任廣東南澳鎮總兵，一八九四年移駐台灣，一八九五年率兵阻日登台無功，被迫棄守，退回廣東時，曾寫下抒發心中鬱抑情懷的〈別台灣〉詩：

哀生無限托笙簫，淚落清霜化作潮；
飲膽枕戈期異日，磨刀勵志屬今朝。
生存道義何遲死，身是金剛不怕銷；
再奏悲歌驚四座，滿江一曲賦魂消。

而參與議建「台灣民主國」，並被推舉為副總統及全台義軍統領的丘逢甲，也在大勢已去，不得不揮別台灣時，也寫下了〈離台詩〉。在此同時，他致書妹婿說：「將行矣，草此數章，聊寫積憤。妹倩張君請珍藏之，十年之后，有心人重若拱璧矣。海東遺民草。」遺民的意思就是被遺棄的人民，他的孤憤溢於言表。〈離台詩〉曰：

宰相有權能割地，孤臣無力可回天；
扁舟去作鴟夷子，回首河山意黯然。
捲土重來未可知，江山亦要偉人持；
成名豎子知多少，海上誰來建義旗。

又如時任「壯字營」統帶，協助丘逢甲抗日的謝道隆也寫下〈割台書感〉，詩云：

和約書成走達官，中原王氣已凋殘；
牛皮地割毛難屬，虎尾溪流血未乾。
傍釜游魚愁火熱，驚弓歸鳥怯巢寒；
蒼茫故國施新政，挾策何人上治安。

儘管當時台灣士紳一片「太息淡江花錦地，屍橫遍野哭聲哀」，也儘管「夜深細共荊妻語，青史青山尚未忘」，但台灣割讓日本已成定局，即使「舉國合辭爭割地，疆臣誓死欲回天」，但誠如當時文人蔡國琳所說的：「是非何必千秋定，一局殘棋已了然」，既然無力回天，大家也只好忍氣吞聲默認事實，屈服現實了。

時間是歷史的軸線，甲午戰敗，一八九五年清朝將台灣割讓給日本，從此接受日本統治；一九四五年，第二次世界大戰結束日本投降，台灣脫離了日本統治。就在這五十年，半個世紀中，日本不僅在劉銘傳經營台灣的既有基礎上，對台灣展開了全方位的建設，同時也對台灣人民的思想進行了改造。

台灣百姓從當年義憤填膺，誓言「飲膽枕戈期異日，磨刀勵志屬今朝」的悲壯，到皇民化後的逐漸順服，直到現在老一輩還會念念不忘日本治台的豐碩成就。其間台灣民眾態度的轉化，固然有部分是屈就於無助的現實，但許多部分確實由於日本治台期間對建設台灣做出的巨大貢獻。

一八九五年台灣割讓日本，一九四五年台灣脫離日本統治，日治台灣前後五十年。今年是二〇〇五年，距離一九四五年又已六十個年頭了。清朝割台、日本治台的歷史已經漸行漸遠，但台灣孤憤的情節與棄嬰陰影仍然籠罩未除，背對過去，面向未來，我們更應該要知道如何把握現在。在終戰一甲子，台灣脫離日本統治六十年之際，我們回顧過往歷歷在目的史實，認知台灣「風中之葉」的處境，在清割台、日治台的擺盪之間，台灣究竟得到了怎樣的盈虧與福禍？我們應該坦然面對。

《經典》雜誌用一種豁然的情懷，對於日本治台的這段史實，做了人證、物證、事證的蒐集和採訪，並以《赤日炎炎》為書名，記載了台灣一八九五年到一九四五年之間的變革和翻新，也記錄了包括原住民在內的台灣民眾，從抗日到順服的歷程，中間有可歌可泣，拋頭顱、灑熱血為族群的生存空間而戰，有為「民族大義」，志不事倭而爭，但誠如《赤日炎炎》書中所說的：

一八九五年到一九四五年間，日本殖民了西太平洋的這一座島嶼，五十年統治期間留下諸多高壓統治的紀錄和全面性現代化的建設，讓島民今日談論起日治五十年，愛恨參半。但無庸置疑的一點，日本統治台灣是為了母國的殖民擴張戰略，日本將台灣建設為南進的跳板，向世界誇耀其殖民的能力。

我們姑且不論日本全面建設台灣的動機和心態如何，但在一九三〇年代，由於日本苦心經營與建設，成就了台灣的第一次黃金時代，也是不爭的事實。所以直到現在，仍然有不少人質疑當年中國將台灣割讓給日本，對台灣來說究竟是禍是福？如果單從物質的建設和經濟的開發而論，或許台灣是因禍得福吧！

《赤日炎炎》全書對日本治台做了全面性的探討和回顧，有史實的回眸，也有台、中、日關係的檢視；有國際強權的運作，也有兩岸統獨的糾葛，但更多的篇幅是放在日治時代台灣的基礎建設，公共衛生的推動，台灣農業「糖金米銀」的躍進，城市現代化的宏規，台灣工業化的腳步和進程，以及衍化新興的台灣美術等。台灣在強權鬥爭的夾縫中生存本已不易，在生存不易的環境中能屢創經濟發展奇蹟更屬難得，這些經驗都值得我們珍惜和警惕。

陰影隨著太陽移，弄潮兒應向濤頭立，政治家和歷史家都是弄潮兒，不同的是政治家可以興風作浪，而歷史家則必須乘風破浪，不管興風作浪或乘風破浪，政治家必須立在浪濤的尖端遠望，歷史家也應有勇氣站到看清真相的第一線。

我們始終覺得：歷史不是女孩，可以隨意打扮；歷史也不是陶土，可以任意捏塑把玩。政治人物和歷史學家一樣，不能只做學舌的鸚鵡，而應做能思能想、能飛能俯的雄鷹；不能只想做「領航艦」，有時也應充當「破冰船」。現在台灣又面臨另一次的徬徨，台灣的何去何從，大家都應該有主見吧！

《赤日炎炎》出版在即，除了感佩所有編者、撰者的耐力和心力之外，閱讀各稿之餘，心有所感，特為之序。

＊本文為《赤日炎炎：台灣一八九五—一九四五》一書序文。

江山如畫，詩眼天涯
——一本值得典藏的案頭書

一九九八年八月經典雜誌開辦時，我們許下承諾，要「把經典雜誌當做一項跨世紀的文化工程來辦，不把它當做一般性的雜誌來辦。」八年多的時間過去了，我們很高興我們仍然能堅守著這項承諾。當然我們更高興：在八卦雜誌當道，爆料文化橫行的社會裡，這樣一本不媚流俗，不向濁流低頭的雜誌，不僅能夠依然健在，而且還正欣欣向榮，這足以顯示我們的社會裡，還有許許多多的人對我們寄予厚望。不僅寄予厚望，並用具體的行動護持著我們、愛護著我們，讓我們的理想火花不滅，讓我們的承諾一再兌現。

現在《經典》屆滿一百期了。一百期，就雜誌的篇幅算：一萬五千多頁的篇幅，數以萬計的精采照片，八百多萬個文字，字字穿梭時空，張張值得典藏；就時間的累積算：八個寒來暑往，一百個月圓月缺，超過三千多個日子，以及許許多多作者與編者的心血，日日月月，點點滴滴都見證著時代，書寫著歷史；就內容的豐富性而言，不論山川草木，大地生靈的發現；人類足跡，古今歷史的探索；中外民俗，生活人文的深描；與災難前線，人道救援的關照；都一一在經典雜誌中精采呈現。

記得在《經典》創刊號中，我們同樣有這樣的陳述：

人類文明就像一條長河，我們雖然無法挽留逝去的流水，卻可以從中看清自己；人類歷史就像一面鏡子，雖然可以照見每一個人的面目，但卻無法照清緊貼鏡面的事物。我們希望借助有如流水的人類文明看清自己，也希望借助有如鏡子的人類歷史認清本來面目。

基於上述的認知，我們認為人文必須深耕，歷史必須傳承，生命必須尊重，眾生必須平等。我們堅信，在宇宙生命的內涵裡，在大千世界的舞台上，天地之間的一切有情無情，一切萬有現象，都是參與者，不是旁觀者，都是宇宙的主人，不是宇宙的過客。

既然我們都是宇宙的主人，我們都應善盡做主人的本分；對於我們用以長相廝守的這個星球，我們更應該用心經營，讓這個原本美麗、閃耀著藍光的星球更加亮麗。

遺憾的是：我們往往安定在大地上，卻忘了天空。人們貪婪的飢渴，不是因為缺少賴以維生的必需品，而是因為缺少用以炫耀虛榮的奢侈品。

於是，擁有一切物質享受的人，生活得像可憐的文明人那樣貧窮；於是當文明改進了我們房屋的時候，卻沒有改進居住在房子裡面的人的人品；於是房子越來越豪華了，人類越來越苦痛地被囚禁了；於是裁縫師能為我們量身訂做華麗的衣裳，卻沒有辦法為我們量身訂做出良好的品格與特質。人類強奪豪取的結果：一小部分人的奢侈全靠絕大部分人的貧窮來維持；於是有哲學家說：「文明人不過是更有經驗，更聰明的野蠻人。」

人類該是到了徹底醒悟的時候了，我們應該知道科學的長足進步，可能導致人類文明的大步退化。

我們必須承認：知道星星的亮度而測得星際之間的距離，固然有一定的實用性，但並不能教導我們如何成為更完美的人。人類既是世界上最聰慧，卻又是最愚蠢的動物，因為我們的心往往受制於自我的執著，而這自我的執著，又源自於深重的無明。

有一位哲學家曾經這麼說：

所謂無明，不是指單純的資訊不足，而是指不實的實相觀，使我們認為周遭事物都是恆久和實存的，或以為我是真實不虛的，從而導致我們誤認倏起倏滅的喜樂或減緩痛苦為恆久的快樂。這種無明會使我們把自己的快樂建築在別人的痛苦之上。我們受到滿足我執的事物牽引，對有礙我的事物則心生厭惡。如此一來，漸漸地心理混亂越來越大，終至出現以自我中心為主的行為。無明相續不絕，破壞我們的內在平和。

可見，我們如何面對周遭的萬事萬物，存乎我們的一念心。

由於昆蟲學家的心在昆蟲那裡，所以他可以聽見蟋蟀的鳴叫聲；商人的心在金錢那裡，所以他聽見的就是硬幣的響聲。一個心懷慈悲的人，他看見每一個生命都是可貴的，一個心懷感恩的人，看見每一個人都是可愛的。就是這份慈悲與感恩的襟懷，維繫著人與人之間，人與大自然之間的親密與和諧。

有人說：愛在那裡，心就在那裡；心在那裡，魔力就在那裡；魔力在那裡，希望就在那裡。

只要擁有一顆熱愛生活的心靈，我們就會發現每天都有收穫，每天都有累積，每天都有值得高興的事情。可惜，人類文明發展的結果，知識越來越豐富，愛心卻越來越匱乏，尤其近世以來，社會急遽變化，物質的追求成為時尚，績效與利潤成為最高目標，而我們的人文生活品質不自覺地被侵蝕，人與人之間的關係也逐漸淡化了，人與大自然之間也失去和諧了，山川大地變成人類蹂躪的對象了，花蟲草木飽受摧殘，野生動物無所遁形地慘遭獵殺。人類不再敬天畏地了，自詡為萬物之靈的人，也變得面目可憎了。

人類文明已走到了興盛與衰亡的十字路口了，我們必須有所選擇，必須以嚴肅的態度不斷自省自問：「我們究竟從大地萬物中取得了什麼？付出了什麼？為我們所居住的地球貢獻了什麼？損害了什麼？在繼往開來的時空裡，我們究竟留住了什麼？浪費了什麼？在廣袤的宇宙中，我們終結了什麼？創生了什麼？」

這就是我們為什麼要開辦經典雜誌的原因，我們企圖用愛和關懷找回遺失已久的人與大自然間的那份和諧和親密。

當然我們也企圖用感同身受與豁達開闊的胸懷提醒大家：「落地為兄弟，何必骨肉親。」有緣相聚，就成了不可分割的生命共同體，和平相處，才是人類繼續繁衍的興盛之道。互相殘殺，彼此毀滅，只會加速人類文明的崩解與衰亡。

《經典》已經八歲了，八歲對人的一生來說，雖然還屬童稚期，但也已能上學識字了，能識別對錯美醜了，能和同儕同遊共戲了；他正蓄勢待發，朝人生的另一個旅程邁進了。

《經典》也是一樣，但所不同的是：從誕生的那刻起，就肩負起鎔鑄真善美人文的使命，朝著「為時代作見證，為人類寫歷史」的方向勇往直前。雖然一路走來不免有搖晃學步的時候，但歷經一百期的錘鍊，這本用血淚灌溉出來的雜誌，或許尚未開出燦爛耀眼的花朵，卻也已開始翠綠茁壯了。

就在《經典》屆滿一百期的此刻，回顧過往、展望前程，我們深知經典雜誌還有一段漫漫長路要翻越、要突破。

可是回首八年來時路，我們覺得有許多值得炫耀與自豪的力作必須推薦，因此，我們非常樂意將這些出類拔萃的圖文，再三萃取其中最精華、最具代表性的作品和大家分享，就算是經典雜誌對讀者八年來不離不棄的一種感恩圖報的回饋吧！

經過經典雜誌全體編採同仁的精挑細選，再三斟酌過濾，從數以萬計的照片中挑選出足以撼動人心，新人耳目，沁人心扉的三百八十六張作品，編印成《經典１００：發現．探索．人文．關懷》，作為慶祝經典雜誌屆滿一百期的獻禮，讓讀者可以透過《經典100》回味《經典》，回首青澀的足跡與韻味；品嘗人性的真，人間的善以及大地的美，讓濁流滾滾的台灣出版界注入些許清流；讓灰色失望的人生抹上些許色彩，讓逐漸枯竭的人獲得些許滋潤。

《經典１００》全書分四大系列，十二個單元，每個系列與單元都注滿了生命的躍動與人性的光芒。在【發現】系列裡，我們概括出「山川草木」與「大地生靈」兩個單元，記錄著長江大河、白山黑水、沙漠雨林、奇花異卉、棲蘭檜林等，並對人類糧食的培養與未來，做了番極為深入的省思與臆測。

當然也報導了珍禽異獸，從北極熊的禮讚到藏羚羊的宿命；從蛙蹤的痴守到蝶影的捕捉；從鯨豚鯊魚的一生到百鳥飛禽的競鳴；從山之巔到水之涯，動植物的多樣化，都在傑出的攝影家鏡頭下展露了風華。

【探索】系列包括了「西域記風塵」、「鄭和下西洋」、「南島新世界」、「凝望台灣史」四個單元，這些雖然都只是歷史長河裡頭的一段小轉折，但即使是一段小轉折，卻也激起了濤天巨浪。玄奘法師西行取經，給古老的中國文化注入了新血，為中國文明強化了體質；鄭和下西洋不僅代表著大明國威的遠播，更證明了大規模海洋探險與交流早在六百年前就已肇始；「南島新世界」對南島語族的追根溯源，並深究他們的遷移與擴散；而「凝望台灣史」對族群對立日趨尖銳的台灣，讓民眾有檢視自我的機會，對族群的迷思和融合，有新的啟發與價值。

【人文】系列，匯集了「本土書寫」、「中國視窗」、「比鄰亞洲」、「探索世界」四個單元，這都是為了要為讀者開啟一道照見世界各族群的門窗而設立。透過這扇明亮清晰的視窗，我們可以看清楚自己，也可以看清楚別人。

【關懷】系列，更是編者匠心獨運，希望將災難的現場與災民的苦難呈現，作為善待自然，泯除暴力，消弭戰爭的惕勵。有苦難的地方就有人性光輝映照，對於聞聲救苦的人道救援組織，我們仍然不會忘記鼓掌表揚，所以在這個系列中，我們編列了「災難第一線」與「非政府組織」兩個單元，用以呼籲大家必須相互扶持，對抗災難。

總而言之，《經典100》的價值，不只在於照片本身所煥發的美感，更在於每張照片都跳躍著極大的生命力。而每段文字不只在於它的字字珠璣，也在於它蘊涵著極豐富的愛和關懷。本書的編成，我們特別要感恩編採同仁的用心。本書所收錄的圖片與文字，都是經典中的經典，值得所有讀者典藏與推薦。

*本文為《經典100：發現．探索．人文．關懷》一書序文。

收穫

記得十年前《經典》雜誌創刊伊始，我們曾在發刊詞上說：

「把《經典》雜誌當作一項跨世紀的文化工程來辦，而不把它當作一般性的雜誌辦。」是我們辦這本雜誌的初發心與理想點。

事實上，辦一本雜誌不難，但要辦一本不媚流俗的雜誌才難；辦一本不媚流俗的，而又能堅持理想的雜誌更難。《經典》雜誌就是一本既要堅持理想，又要為不媚流俗而辦的雜誌。它也是要把知性、感性、理性與靈性放在一起鎔鑄，再淬取建構而成的一本雜誌，裡頭要表達的訊息是大愛與感恩、關懷與尊重、真誠與美善。

十年，三千六百多個日子過去了，我們當年的自我期許與豪語，仍然沒有改變，我們還在堅持，我們還在奮鬥，我們還在朝這個目標邁進，儘管一路走來，困難萬端，艱苦備嘗，其間有掌聲也有批評，有榮耀也有頹喪，有興奮也有氣餒，但總體來說肯定多於否定，讚賞多於嗤笑，鼓勵多於譏諷。

正因為如此，這本標榜「不媚流俗」的雜誌，才有辦法不怕孤獨，不畏寂寞，踽踽獨行於流行文化當道的社會裡，在濁流滾滾，舉世晦昧，權勢與名利激盪的潮流中注入泓泓清流與照見人性的光輝。

英國歷史學家卡爾（Edward Hallett Carr）認為：關於「事實」的紀錄——這是構成了歷史敍事的基礎，反映出寫歷史的人所做的選擇。他說：

我在現代人寫的中世紀歷史記載中讀到中世紀的人非常關心宗教，我不禁納悶，我們怎麼知道的？真的這樣嗎？

我們對中世紀史實的知識，全是各代編年史學家為我們選擇記錄下來的，而這些人都具有宗教理論及實踐上的專業素養，因而會認為宗教特別重要，於是記錄和宗教有關的每件事，而那些和宗教無關的事就寫得不多。

事實真相確實是這樣嗎？或許這樣的說法有一部分是事實，但是中世紀歐洲人的生活當中，宗教信仰占有重要地位，亦有其一定的事實。儘管如此，我們仍然同意卡爾所認為的：「關於『事實』的紀錄，反應出寫歷史的人所做的選擇。」

基於這樣的認同，我們認為：一本雜誌的編輯政策，可以決定這本雜誌的內容與取材，例如美國《國家地理》雜誌，絕對不會花力氣去揭發別人的隱私，敍述一些名人的八卦；而那些以「狗仔文化」為號召的雜誌，也絕對不會花大成本，用盡心力在報導人類文明與發現上。

有怎樣的編輯政策，就會有怎樣的編採人員，就會辦出怎樣的雜誌，這是毋庸置疑的事實，因為他們都必須因應他們雜誌的需要，在題材與內容做加工與選擇。

「敍事者的好惡以及人格特質，會影響他們說出來的故事。」這是學者專家經過縝密研究後，所得出的結論。如果我們把這個觀念推演到極致，就可以了解為什麼當代有些「後現代主義」理論學者認為：

我們沒有辦法為人類社會找出「最正確」的敘事或報導，因為每個敘事或報導都是經過敘事者或報導者的選擇，都同樣有其正當性。所以結論是：事實上，並沒有「真正的事實」可供我們描述。

這是人類「傳播過程」的一種弔詭。明知人類在傳播過程中有很多失誤或失真，但我們還是要不斷汲取經由各類媒體提供的敍事或報導，再從這些敍事報導中，建構我們的認知、思想和意志，形成我們每一個人的內心世界。

而這個內心世界表現於外的，就是對這個世界的理解，對人類過去文明的認知，以及對未來人類前途的判斷，這或許就是我們所通稱的「知識」吧！世界上有多少人是依賴這個所謂的「知識」，對過去做出論斷；對現代做出批判；對未來產生憧憬。

不容置疑地，這個世界上有太多的愛恨情仇，有太多的善惡美醜，有太多的光明與希望，也有太多的黑暗與悲觀，這都是來自於人類日積月累起來的心念。

一念「愛」則海闊天空，充滿感恩與希望；一念「恨」則深仇大怨，陷入黑暗深淵，人間的善惡與美醜，喜怒與哀樂，也都繫於人的一念之間。而這一念就是經由訊息的汲取、累積、轉化、建構而形成。

由此可知，人類對訊息的汲取與累積，構成了千鈞一髮的一念，而這雷霆萬鈞的一念，又構成改變一個人一生的一念，改變一個家庭命運的一念，改變一個國家盛衰的一念，改變全世界的禍福的一念，甚至改變整個人類歷史走向的一念。

所以如何養成人類「善」的一念，「美」的一念，「慈悲」與「大愛」的一念，就變得非常重要。而養成這種正向與積極的一念，養成和諧與寬容的一念，關鍵在於傳播過程當中，對於敍事態度的正確調整，與報導內容的妥善選擇。

正因為我們有這樣的認知，所以十年來，《經典》雜誌可以告訴所有讀者的是：我們的雜誌不論題材的選擇與敍事的導向，都是正向，沒有負面；都是美善，沒有醜惡；都是愛與寬容，沒有仇恨與對立；都是誠摯與友善，沒有冷漠與疏離。對大自然的賜予，我們都報之以珍惜與感恩；對人與人之間的互動，也都待之以善解與包容，我們之所以如此兢兢業業，理由無他，那是因為我們深感媒體威力的無所不在，以及美善人文與寬容態度必須深植人心。

經過十年的艱苦播種與耕耘，《經典》當然也取得了不少成就與收穫，所謂「積沙成塔，粒米成籮」，《經典》雜誌的纍纍碩果，已經可以裝載盈筐了。

現在，我們把這些盈筐的豐碩果實，從中篩選出既精且粹者彙編成冊，作為《經典》雜誌十年有成的獻禮，並向十年來對《經典》雜誌始終不棄不離，支持著《經典》勇往直前的讀者，交出一份漂亮的成績單。透過這份成績單，所有讀者也可從中檢視出，《經典》雜誌十年來確實沒有讓大家失望。

其實，能夠刊載在《經典》雜誌上的作品，都可說是經典之作，想從中挑選出經典中的經典，確實有點為難。

但既然篇幅有限，《經典》的編輯群只好「難行能行」，絞盡心思從各類珍寶中篩選出十個主題，每個主題又經一番精雕細琢，淬鍊成顆顆珠璣，再將顆顆珠璣貫穿成冊，以饗讀者。

這十大主題從〈島嶼思想起〉的台灣史凝望開始，其間有人類人文與歷史的回顧，如〈鄭和下西洋〉與〈西域記風塵〉；有災難發生的見證與現場救援的紀實——〈毀滅與重生〉；有山川地理的履探與生態環保的檢視，如〈千里溯江源〉、〈台灣特有種〉與〈環境總體檢〉；有放眼國際，認識比鄰的〈亞洲新視野〉，更有探討人類即將面臨的糧食危機問題——〈糧食大未來〉；以及非政府組織在人類危難時所發揮的無私奉獻，體現〈大愛無國界〉，守護生命，捍衛人性的人道精神。

這十大主題都是《經典》十年來全體同仁的心血結晶，雖不敢說都是曠世之作，但亦可說是一時之選了，讀者在閱讀之餘，如果還能從中悟取「字裡行間」的些許弦外之音，與所要傳達的那份美善訊息，那不僅是讀者的巨大收穫，也是本書編輯良苦用心的最大酬償了。

《經典》雜誌已走過十年，未來還有無數的十年要走，我們固然自我期許，未來《經典》的每一步都必須步步踏實，絕對不能偏離當初創辦這份雜誌的宗旨外，我們也衷心期盼社會大眾能繼續支持這份有理想、有作為、有願景的雜誌，讓它在人類文明發展過程中，扮演中流砥柱的角色，在人世間的滾滾濁流中，注入更澄澈、更壯闊的清流。

＊本文為《拾歲 拾穗：經典十年》一書序文。

國家圖書館出版品預行編目資料

生命的活水：經典札記/王端正著. --初版. --
臺北市：經典雜誌，慈濟傳播人文志業基金會，2011.1
320面；15*21公分

ISBN：978-986-6292-06-4（平裝）

855　　　99025899

生命的活水：經典札記

作　　者／王端正
發 行 人／王端正
總 編 輯／王志宏
責任編輯／朱致賢
美術指導／邱金俊
美術編輯／黃昭寧
　　　　　黃芷琳、林意樺（實習）
校　　對／何瑞昭（志工）
　　　　　李奕澄、楊濟鴻（實習）
出 版 者／經典雜誌
　　　　　財團法人慈濟傳播人文志業基金會
地　　址／台北市北投區立德路2號
電　　話／02-28989991
劃撥帳號／19924552
戶　　名／經典雜誌
製版印刷／禹利電子分色有限公司
經 銷 商／聯合發行股份有限公司
地　　址／台北縣新店市寶橋路235巷6弄6號2樓
電　　話／02-29178022
出版日期／2011年1月初版
　　　　／2011年7月初版2刷
定　　價／新台幣340元

ISBN 978-986-6292-06-4（平裝）
Printed in Taiwan